AF406352

SARITA Y ESE TIPO

Rafael Urretabizkaya

Ediciones De La Grieta

Urretabizkaya, Rafael
    Sarita y ese tipo / Rafael Urretabizkaya
De La Grieta, 2016.

    ISBN 978-987-3815-18-8

    1. Crónica de Viajes. I. Título.
    CDD 910.4

Dibujo de tapa "Collage de viaje" realizado por Pablo Arnol
http://www.pabloramirezarnol.com.ar/
Diagramación: Nathalia Tórtora

Impreso en la ciudad de San Martin de los Andes.
Provincia de Neuquén, Argentina.

Ediciones De La Grieta
Patagonia Argentina
www.delagrieta.com

*Gracias por las lecturas, correcciones, incluso por todo lo demás:
Cecilia Delloro, Gabriela Urrutibehety, Pablo Arnol,
Daniel Tórtora y Fernando Barraza.*

A Jorge Gorostiza y Leonardo Maresca

"No sé, pero la piel quería darte
esa cosa que suda sobre el mundo
y luego es caldo de lenguajes

otra cosa detrás de las palabras
quería darte"

Palabras que maduró Jorge Spíndola junto a su tío Juan, mientras arreglaban un techo de zinc en pleno enero. Acontecido sobre unos galpones de YPF, Km. 3, Comodoro Rivadavia, finales de los 70 tiene que haber sido.

NOTA DE EDITOR

He decidido, aunque contra mi voluntad, dejar de ser por un rato, el amigo y editor del "Rafa" para construirme en un lector que busca sorprenderse con una novela que, contra toda lógica, posee tres prólogos.

Me sucede con pocos escritores esto de sentarme a leer sabiendo que voy a pasarla bien. Y esto no es bueno para ningún autor, porque desde el "vamos" condiciono, con esta expectativa, a la más mínima desilusión en un fracaso. Pero Rafael Urretabizkaya, quien ha dejado de ser mi amigo por un rato, no me defrauda. Otra vez, como con *La ruina*, *Te agarro a la salida* o *Informe sobre aves, y otras cosas que vuelan*, *Sarita y ese tipo* extiende nuevamente el horizonte narrativo para, definitivamente, alojarlo entre los mejores narradores de estos años enflaquecidos de ideas y de formas ya que, no solo la novela te atrapa desde que "ese tipo" se sube al coche y enciende la radio, sino que te lleva y te sacude para que comprendas que nada de lo que escribe está fuera de lugar, te tironea con cariño hacia un lenguaje atípico para que comprendas que ningunas palabra es gratuita en su universo, ni el tango *Afiches*, ni la prostituta que dice que le gusta coger, pero no esperar porque "esperar te pone viejo", entonces agarra el rosario y se va. Nada es casual, nada es gratuito en la voz de Rafael Urretabizkaya.

Cuesta creerme ser un privilegiado lector de esta obra, casi en el lugar de "premmier", ya que, leí la novela y luego los prólogos.

En las palabras que Gabriela Urrutibehety pone en su prólogo, encuentro la mirada más acertada en esta extraordinaria frase: "...qué se cuenta exige modificaciones en el cómo se cuenta y en esos cambios el Rafa es un maestro." Como Saer u Onetti, que te aprisionan a dos centímetros del piso con cada historia, aunque en realidad es el lenguaje el que consigue poner una bolsa de cemento sobre el hombro del lector, así Rafael Urretabizkaya cuenta esta historia que, solo con el lenguaje adecuado puede tener sentido.

Leer los prólogos me proporcionó un nuevo sentido a la novela. Fernando Barraza, que no le cuesta nada ser amigo del Rafa para escribir uno de los prólogos, dice esto: "Así, tan involucrado en los sentimientos y razonamientos de los personajes, en sus acciones sensatas y en las timoratas también, dejás de ser un lector perfecto. Y ahí es cuando el Rafa se sale con la suya. Y ya es tarde para intentar reaccionar, porque la novela termina." Y sí Barraza, tiene razón usted, Rafael Urretabizkaya no te deja reaccionar, me atrevo a ir aún más lejos, la novela no te deja ni ir a preparar un mate, y eso es demasiado para estos tiempos.

Y la mirada de los otros, fundamentalmente la de los que escribieron cada prólogo necesario de esta novela, me pusieron en la obligación de releer la novela, porque cada uno tiene una mirada diferente, pero todos acuerdan en que Rafael no puede dejar de ser poeta. Queda claro que las historias pueden ser ínfimas, limitadas a una geografía o una temática acotada, pero es el lenguaje lo que tonifica la novela del Rafa.

Por último, Cecilia Delloro descubre algo más, no sólo que el lenguaje y la historia van de la mano, sino que Rafael logra, como un oxímoron, una historia con todos los emblemas de la violencia de la época, pero en clave de una historia de amor, donde además no hay grandes amores para destacar.

Por todo esto que leí y que pienso cuando leo a Rafael Urretabizkaya, es que siento que estamos ante una verdadera nueva narrativa, ya sin buscar exagerar ni quedar bien, el Rafa -que ya vuelve a ser mi amigo-, ha escrito un historia de amor distinta a las que estamos acostumbrados, ha roto otra vez el molde, como lo hizo con "La ruina".

Festejo este libro.

Y como diría mi abuelo: "Vamos Rafa, adelante con los faroles".

Daniel Tórtora

PRÓLOGO 1

De la urgencia al remanso

Rafa Urretabizkaya es poeta y cuando narra, narra como poeta. Del mismo modo, cuando hace poesía narra. Lo que se dice, escribe sin límites y eso es algo que el lector agradece.

De alguna manera, SARITA Y ESE TIPO es una nouvelle que habla de límites, aunque suene raro en una historia que es un viaje por la llanura, por el campo chato de la provincia de Buenos Aires, donde no hay límites a la vista.

El relato se ubica en 1973: un militante del ERP confluye en la huida desde General Conesa, con una prostituta que busca volver a su casa en Junín de los Andes. SARITA Y ESE TIPO es, entonces, la narración de esa fuga por caminos secundarios, por pueblos descolgados del mapa o clavados en el medio de la nada que es la pampa, como se prefiera verlos. Una carrera de postas en los que cada estación es un nombre, un apelativo que empieza a volverse entrañable en el mismo momento en que la premura del escape obliga a despedidas discretas o inexistentes. Sarita y José Luis pasan por lugares que, a la vez, son las personas que los recogen o los transportan: lugares y personas arman, entonces, una geografía de la gauchada. Así como los puntitos en un mapa resumen las casas, las calles, los parques, las fuentes de las ciudades que representan, en la nouvelle de Rafa los encuentros fugaces, las mínimas acciones y las escasas palabras intercambiadas son la punta de un iceberg cálido de fraternidad.

Como dice un personaje, hablando de los bichos y su persistencia más allá de toda duración humana, el secreto es su "maravilloso poder de adaptación, trabajo en equipo y solidaridad".

Esa historia y esa geografía son construidas en un ritmo narrativo que hipnotiza y que toma distintas velocidades según qué o quién vaya narrando. La urgencia de un relato de aventuras deriva en un remanso poético o en la distorsión onírica: qué se cuenta exige modificaciones en el cómo se cuenta y en esos cambios Rafa es un maestro. La jerga de manual guerrillero o la charla de paisanos, la perorata fascistoide o la discusión futbolera, el soliloquio o el diálogo, son espacios donde se recortan los límites de la palabra, límites que no achican sino ensanchan.

Como la cordillera soñada como meta agranda y magnifica los límites de la llanura por la que corren los personajes, por donde corre la voz, por donde corren los sueños.

Gabriela Urrutibehety,
http://gabrielaurruti.blogspot.com.ar/
desde Dolores, un 19 de diciembre de 2015 soltando la mirada
para el lado del canal.

PRÓLOGO 2

O te duele o hacés las paces

¿Qué cosa tan especial opera en uno cuando el mundo se está cayendo a pedazos?

Ninguna.

La novela de Rafael Urretabizkaya que usted está a punto de leer da cuenta perfecta sobre este misterio resuelto en un solo concepto: el de la nada.

Si usted se toma el atrevimiento de acercarse a estos personajes sin temor, ajeno de toda desconfianza lela que uno suele tener hacia las personas que no son uno, verá que, frente a las adversidades más chocantes, los giros más inesperados y los movimientos telúricos más tambaleantes, la esencia de quien se es no cambia… en nada.

A esa nada me refiero.

Lo que cambia (sí, sí) es lo otro, el contexto, el eppur si muove de la vida, todo aquello que te lleva a cambiar pieles, pero no el alma. El alma está fija, o te duele o hacés las paces, pero no te podés pasar la vida haciéndote el sota. De nada sirve, diría Moris. El Rafa parece que lo sabe. Por eso escribe así desde hace años, sin ningún otro pliegue que la prosa poética que suspira cada tanto entre tanta página de "realismo casero".

El Rafa sabe hacerlo, por más que se vaya "lejos" en la historia, hasta los años de Onganía, de la Pampa Húmeda al mallín. Qué importa.

Y basta, hablemos de uno mismo, no de él.

Mirá, es así: vos lees sus personajes e inmediatamente, sin que medien más que un par de párrafos, cohabitás en sus certidumbres sin medias tintas, metido hasta el tuétano. Sin embargo, no dejás de seguirlos en la zozobra (definición del Diccionario de la RAE para zozobra: sentimiento de tristeza, angustia o inquietud de quien teme algo). En eso sucumbís igual que ellos, con la misma desazón o el mismo espanto. Así, tan involucrado en los sentimientos y razonamientos de los personajes, en sus acciones sensatas y en las timoratas también, dejás de ser un lector perfecto. Y ahí es cuando el Rafa se sale con la suya. Y ya es tarde para intentar reaccionar, porque la novela termina. ¡Encima es una es una road movie, tiene principio tajante y tiene un final explícito, como todo viaje!

Aquí –y aprovechando que tiré lo de la road movie- voy a disgregarme un poco: una tarde, viniendo del centro de una San Martín de los Andes atestada de turistas, yendo hacia la colina milagrosa en la que habita el Rafa, el tipo me dijo: "naaa, si el inglés es un idioma de juguete". Y yo defendí al inglés, le hablé (un poco snob, lo confieso) sobre Shakespeare, sobre Joyce, sobre Yeats y sobre Derek William Dick. Él me escuchó un poco y me dijo: "Sí, sí, todo hermoso, pero explicame la seriedad que puede haber en una palabra como cowboy… ¡chico-vaca!" Ahí entendí qué me estaba queriendo decir: parece que para Rafa los atajos en el lenguaje no deberían ser tan rústicos, tan evidentes, tan de chicle Bazooka sin sabor. En ese preciso instante pude intelectualizar lo que sentía al leer sus escritos. En ese instante pude conceptualizar lo refrescante que es leer el respeto simple y poético con el que Rafa se expresa siempre que escribe.

Por todo esto voy a desdecirme y, aunque sea un subgénero del cine y la literatura que le calce perfecto a esta nouvelle, no voy a usar la expresión road movie (camino-película). Prefiero… por ejemplo… texto de transformación de las circunstancias que te llevan a ser otro sin abandonar lo que uno es. Eso mismo. Eso es lo que es.

Buenas tardes tengan todos y todas.
Fernando Eliseo Barraza Scheer
Plottier, último día del año 2015.

PRÓLOGO 3

Una historia de amores

¿Qué siente una persona que escapa?

¿Qué siente una mujer que ya no quiere ser más la prostituta del pueblo, que quiere recuperar su historia, su lugar, sus olores, a su gente?

¿Qué siente un hombre que para poder alimentar a sus hijos debe alejarse de ellos la mayor parte del tiempo y recorrer las rutas arriba de su camión, que aún no termina de ser suyo?

¿Qué siente una mujer ya mayor que decide ayudar a dos desconocidos para alejarlos de su perseguidor que, además, es su marido?

¿Cómo es la soledad de un hombre ya grande que convive con el fantasma de su madre y se acompaña de cientos de abejas a las que cuida día y noche?

Rafael nos cuenta una historia en la que indaga sobre todas estas cosas.

Una historia que encierra, o mejor dicho que se abre, a muchas otras.

Con forma de relato, pero con pluma de poeta, retrata una época de nuestro país en la que la violencia formaba parte de la vida cotidiana. Sin embargo, no es esta una historia violenta.

Es una historia de amor. De muchos amores.

En su recorrido hacia ninguna parte, en busca de refugio, Sarita y ese tipo cruzan caminos e historias que nos abren la mirada a un universo de gente que los ayuda, los acompaña y les da cobija. Y a un país que muchos desconocemos, pero que intuimos que está... desde las tripas. Porque es un libro escrito desde el corazón... y desde las tripas.

Ese tipo que en su huida se encuentra con un país al que quiere cambiar; un país habitado por hombres y mujeres que con sus historias y sus actitudes le ponen en jaque su sistema de creencias.

Ese tipo que descubre la esencia de la vida en la cabina emperifollada de un camión o comiendo longaniza en medio de lo que para muchos es la nada, pero que, para otros tantos, es el mundo entero.

Y Sarita... tanto Sarita, como el resto de las mujeres que creó Rafa, somos todas las mujeres: las que amamos y las que no; las que cogemos por amor o sin él; las que cuidamos el rancho; las que buscamos los orígenes; las que nos detenemos a indagar a la vida en la mirada de una fotografía; las que sabemos de fútbol; las que encontramos la palabra justa; las que nos jugamos, aunque sabemos que podemos perder; las que nos bancamos los abusos con dignidad, como Rosa.

TODAS son personajes nobles. TODAS reivindican a las mujeres. No hay una sola en esta nouvelle que no sea digna.

Y con esto no quiero decir que todas las mujeres seamos dignas y nobles. Quiero decir que esta historia, además de ser una profunda mirada sobre la militancia y sus encuentros/desencuentros con la realidad, que sobrevuela y describe la vida en el campo y en los pueblos de Buenos Aires y Neuquén bajo una mirada perspicaz de una época, es un increíble homenaje a la mujer.

Cecilia Delloro

SARITA Y ESE TIPO

1.

Subo al auto, aunque pude haber salido caminando o corriendo o en sentido contrario.

Pero subo al auto. Intento ponerlo en marcha una vez, dos, a la tercera todo el *Valiant* se prende despertando un calor que también me atraviesa.

Recorro el centro y voy encontrando los barrios, la estación, la ruta a la costa.

Al rato asumo lo bien que se siente.

Bajo el vidrio y dejo que el frío se ponga primero filoso y después prepotente contra mi oreja izquierda.

Sintonizo la primera estación que aparece y encuentro interesante una charla sobre poda que lleva adelante un ingeniero de la zona. En realidad, no es interesante, pero me parece eso sí, un remanso, escuchar a alguien hablar de un tema cuyo horizonte de complicación se limita a encontrar la yema de una rama y el mantenimiento de una sierra.

Qué maravilla...

Enseguida, arranca *Afiches*, el momento es perfecto y frágil como una acrobacia.

Cruel en el cartel,

la propaganda manda cruel en el cartel

y en el fetiche de un afiche de papel

se vende una ilusión

se rifa el corazón...

Y apareces tú

vendiendo el último jirón de juventud

-cargándome otra vez la cruz-

cruel en el cartel, te ríes corazón,

dan ganas de balearse en un rincón

Luego la verdad,

Que es refregarse con arena el paladar

Y ahogarse sin poder gritar.

Yo te di un hogar... ¡Fue culpa del amor!

—¡Dan ganas de balearse en un rincón!—

Por primera vez en años no voy a ningún lado, y eso me permite no hacerme responsable de lo que dejo atrás. Atrás los últimos atormentados tiempos de mi vida y atrás la confusa mañana de hoy hasta antes de salir.

Camino el tango y la tanda comercial por la llanura delgada, con aguadas cada tanto, algún molino, vacas, alambres.

Vuelve el ingeniero podador a insistir con su serrucho mientras atravieso más de lo mismo. Manejo un rato acompañado por una idea que traigo de la infancia sobre las vidas e historias que hay en cada casa que se ve a la distancia, o en cada grupo de árboles que suponen una casa en el medio. Y es el recuerdo de esta idea y no la idea, lo que acuna mi mente hasta el reposo.

A lo lejos la antena de un pueblo de esos que siempre quedan al costado. Pero no hoy.

Las primeras casas esparcidas me hacen preguntas y me llaman con sus mundos desconocidos que se ofrecen como duraznos en la siesta. El arco de hormigón con "Bienvenido a General Conesa" se anuncia como una invitación personal.

Voy frenando de a poco disfrutando los detalles del descubrimiento. Pongo el guiño a nadie y encaro la calle principal. Una avenida de plátanos fabulosos que se tocan por las ramas superiores. La pienso en verano y puedo sentir el fresco oscuro de esa sombra.

La radio va subiendo sola de volumen. En la esquina asoma el cartel de "L.U.20 Radio Conesa" y debajo, la casilla tanto más modesta que el cartel de donde justo en este instante sale alguien que bien podría ser el ingeniero que venía escuchando.

Detengo el Valiant enfrente y pienso en bajar a hablarle, cuando noto que otra persona sale de la radio y que en realidad están discutiendo.

Las diferencias que fueran se hacen más fuertes, el segundo hombre empuja al primero y lo patea en el estómago y la cara. Ahora dudo en bajar. Me parece que sería bueno saber, por lo menos, quién hace de malo.

El golpeado entra a la radio, el otro sube a una Chevrolet Apache que espera estacionada en la puerta y baja enseguida con una motosierra. Entra a la estación, siento ruidos fuertes mientras por mi radio suenan ahora "Los Plateros" hablando del amor o su escasez en ese semitono tan parecido al pan con dulce. En unos minutos regresa el agresor a la camioneta y sale despacio, revisando en la cuadra los ocasionales testigos. El instinto me tira al suelo. La *Apache* gira en "U" lentamente. La siento avanzar hasta quedarse junto al *Valiant*. Por encima del vidrio bajo, el agresor escucha lo mismo que yo tirado en el piso del coche: "reloj, no marques las, no marques las, no marques las..." en una repetición que aparentemente nadie resolverá.

Se aleja.

Arranco y doy una vuelta buscando la comisaría, pensando al mismo tiempo si corresponde, si tengo deseos de hacer una denuncia, si tengo motivos para hacerla y sobre todo pensando si yo soy éste que mira a la policía como una opción cuando tiene un problema.

A las tres cuadras la encuentro. Paso despacio y de largo por la entrada principal. Alcanzo a ver el escudo, la bandera y, por si quedan dudas, a través de la puerta abierta, veo a tres de uniforme y uno que no, jugando cartas. De los cuatro, dos levantan la vista y me miran fijamente y si bien es un instante, me alcanza para saber que algo está mal.

El pueblo se termina (el asfalto se termina) en la esquina siguiente. Adelante comienza una zona indefinida. Zona de campo baldío rancho a lo lejos, atravesado por alguna calle cruzada de perro con cara de propietario.

El disco, desde que pasé la comisaría, ha sido retirado y en su lugar suena un silencio sucio.

Parece que un auto me sigue.

2.

¿Ahora?

Sí.

Bueno, termino este partido y voy.

En realidad, el oficial Laroca no tiene dudas, está absolutamente seguro de que nada ha pasado, "si aquí nunca pasa nada".

Y sabe al mismo tiempo que no le conviene andar mal con el Ingeniero. Que uno nunca sabe cuándo puede precisar una gauchada y el hombre está. Porque esa es la verdad y hay que decirla. El tipo nunca mezquina si hay que sacar un enfermo hasta Dolores o poner la Apache para ir hasta la costa a pescar corvinas. Y hay que aguantarlo porque si toma se siente un prócer y mira a todos para abajo, aunque tenga la misma altura y si no toma, casi también.

Llegó a Conesa hace unos quince años y todos lo conocen porque es inevitable que en un pueblo de trescientos habitantes todos se conozcan.

Es un decir, lo de trescientos es un decir. Porque se llega a esa cifra contando la peonada disuelta por puestos perdidos, muchos ya no están y la mayoría sólo es del pueblo una vez al mes cuando vienen a abastecerse o pasan por la plaza a tomar el colectivo, o a lo de la Renga Yori que a veces tiene una piba que le trabaja y a veces no. En lo de la Renga también se puede tomar algo o charlar un poco, pero se va a coger.

Nadie sabe bien de dónde vino, ni en realidad cuál es su oficio. Lo de Ingeniero, eso sí, no se discute. Es que el hombre fuma en pipa.

Un Valiant rojo

¿II, III o IV?

Creo que IV. ¿importa, me querés decir? Si en Conesa no hay un solo Valiant rojo

Para armar la investigación, dice el oficial haciéndose el gracioso, y agrega, vamos en su camioneta si no es molestia, el *Jeep* está sin nafta.

3.

Estaciono en la puerta del almacén. Ahí mismo se encuentra sentado en el escalón de entrada, un deficiente con veinte centímetros de baba descolgada desde la comisura de los labios. A su lado, un perro incumplidor con la regla de parecerse al dueño. Un perro alerta con mirada de astuto, chiquito. Ni gruñe, pero a la pasada me tira un mordisco clavándome los dientes en la pantorrilla. Entro sacudiendo el pie con perro y el propio bolichero, sin evitar cagarse de risa, se encarga de soltarlo.

"No lo conoció. Es buenito el Fidel si nunca mordió a nadie. Antes era juguetón, después se juntó con este opa y se puso serio. Antes era compañero mío, antes le gustaba ladrarle a las bici, las camioneta y ahí donde lo ve cazaba lauchas, ratones tipo tunduco. ¿Conoce? Porque usted es forastero ¿No? No, si por algo antes se llamaba Trampero, después vino el Ingeniero y le puso Fidel... y le quedó."

El bolichero se larga a hablar de una aguada donde pescan palometas y dice que el Ingeniero la está tratando de sembrar con pejerreyes para hacer un club o algo así.

Mientras, no puedo dejar de mirar el billargol con tantos agujeros en el paño como troneras, la campana de sánguches y la mezcla caótica de todo con todo en una especie de estantes-depósitos que corren por las paredes. De la pantorrilla me sale una gota caliente y pesada de sangre que me enchastra la media.

¿Qué le puedo ofrecer? ¿Una cañita, ginebra...?

Sí, contesto.

El hombre me elige la caña y la sirve en un vasito al que antes tiene la delicadeza de pasarle el dedo por dentro.

4.

Disculpe, Ingeniero ¿Pero no será un vendedor de discos? Mire que una vez ya llegó uno.

No creo. ¿Para qué va a estacionar enfrente? Aparte, cuando salí, se tiró al piso del auto.

¿Del Valiant?

... después fui a verte a la comisaría y me llamó la atención que la radio dejó de transmitir. Antes Amorín se ponía en pedo y apagaba todo, pero ahora, que yo sepa, no chupa más. Incluso hoy hicimos el programa sin ningún problema.

Mirá, allá está el Valiant en el boliche, vamos a agarrar a ese hijo de mil putas.

¿Y si primero vamos a la radio a confirmar si en serio pasó algo?

No te desubiqués Laroca. Vos acá sos el oficial, pero el Ingeniero soy yo.

Mientras dice esto último mete la trompa de la *Apache* contra la del Valiant y bajan enseguida.

El deficiente tiene un nuevo hilo de baba, bastante más corto y Fidel se queda duro, sin ladrar, ni morder, ni respirar parece.

5.

¿Y por qué te querés ir nena?

No se trabaja Señora. Usted tiene que comprender que este oficio no es para toda la vida. A los dieciséis años empecé a trabajar allá en Junín. Tenía salud, pero me faltaba oficio. Yo ni sabía que quería tener oficio ni tampoco que esto era un oficio para que vamos a mentir. Le empecé a hacer las compras a Pinino creo que se llamaba, no, Perelín se llamaba. ¡Qué viejo sorete! Me mandaba comprar soda y vino Uvita. A la vuelta me decía que si quería el vuelto se lo dejara en la pieza. Yo pensaba, que boludo Don Perelín, si quiero el vuelto para qué voy a ir a dejarlo en la pieza. En la pieza me empezaba a acariciar, se largaba a sudar y se tocaba y gritaba como desde adentro del culo y movía la cabeza y se le daban vuelta los ojos y me daba el vuelto.

Mamá de entrada entendió que Perelín era bueno para los mandados y empezó a mandarme bien seguido a hacer los mandados de él y de distintos viejitos del barrio. Me arreglaba bien, me peinaba. Mamá estaba muy contenta conmigo. Cuando me llevó a la capital y Carlito el carnicero me enseñó a coger correctamente y me pagó, entendí que no quería darle la plata a mamá. Pasé a buscar el rosario que hoy aquí mismo me acompaña en la pieza y me fui. Después, señora, trabajé en lugares bonitos, me hice de buena toma, a veces anduve con tipos importantes. Rivero, que después fue jefe del Correo cuando llegaron los milicos, cogió conmigo. Cogí con Zabala que llegó a encargado de la Tienda Gómez, cogí con el finado Martiné, jefe de celadores de la escuela de los curas, con el Doctor Zuleta y con su esposa. No sé ni cuándo entre polvo y polvo, se me juntaron los años. Estoy vieja Señora, tengo treinta y nueve y extraño mi Junín de los Andes. No tengo nada y me quiero ir para ver qué tal es salir caminando. Yo creo que muerta no me voy a quedar. Me cagaré un poco de frío, de hambre, pero alguien me va a llevar. Está tan lleno de casas el mundo. ¿Cómo no va a haber una para mí donde no me pidan nada? O "hacé mate, Sarita" o "haga mate Sarita", porque por ahí me respetan. Yo veo en la tele que está lleno de gente tranquila que no necesita andar cogiendo todo el día. Ojo, a mí no me molesta coger, no malinterprete señora, lo que me jode es esperar. Estar sentada me atormenta. Porque me di cuenta de que esperando una se pone vieja y el tiempo a mí me baja el precio y las posibilidades de trabajar. Y tampoco es una cuestión de plata, solamente que me siento mal y estoy cansada de sentirme mal, vencida de sentirme mal, hecha pelota de sentirme mal. Por eso me quiero ir, señora, me voy a ir. Me voy. Agarro mi rosario y me voy.

6.

¿No es Sarita?

Ajá, ¿dónde irá esta pobre? Si ya no trabaja ni acá se le queman los papeles porque te digo que Bety cuando dejó de trabajar con la Renga Yori no se cagó de hambre porque se la llevó don Everardo de cocinera a la gamela de los esquiladores y ahí el resto del año queda Don Mesa sólo cuidando los carneros y al fin mire que salió buena esa yunta porque Don Mesa siempre fue puto y entonces se entraron a llevar bien y se pusieron mimosos. Son como hermanitos mire, es una cosa de no creer lo bonito que se llevan y de paso están criando unos animales chicos propios de ellos para consumo. En tiempo de esquila ponen sus animalitos y sacan porcentaje, con decirle que al carnaval de Dolores salieron juntos y Don Mesa le regaló a ella un reloj de pared y ella le compró una pinza. Premios que da la vida ¿vio? No si Dios castiga sin palo y sin garrote.

Eh... si. No hay mal que dure cien años.

Ni cristiano que lo aguante

Pero... es Sarita ¿vio? Y se está yendo nomás. Lleva un bolsito y en la otra mano un rosario.

Aquí están pasando cosas muy raras. Hoy entró un forastero con cara de *yo fui*. Ése sí que no engaña a nadie, es de esos que anda en coche de pituco por ahí buscando muchachas para emborrachar y después aprovecharse. Mire lo que le pasó a la Señora del Ingeniero, la agarró uno de esos y le hizo cualquier cosa.

Sí. El Ingeniero la agarró

Sí. La suerte que tuvo que se quedó...

¿Suerte le parece?

Hablando del Ingeniero, hoy anduvo como loco. Estuvo enseñando a podar por radio y después algo pasó porque dejaron de transmitir.

Ya me parecía raro. Yo prendí para lavar la loza escuchando unos boleros y habían dejado un disco rayado.

¡No le digo!

Y sí. Realmente este pueblo está muy cambiado,

Ya ni en Conesa podemos estar tranquilas...

Para colmo ni nosotras... que somos nacidas y criadas propiamente de aquí.

7.

Sarita va caminando sin pena, pero con un dejo de inquietud que le sala la lengua y le seca el paladar. Es una decisión tomada, pero de todos modos siente el olor de la incertidumbre. Mira la plaza como si fuera otra cosa que esa plaza donde nunca encontró gran encanto. Mira los vecinos y los encuentra tiernos y ridículos. Algunos la saludan. Los chicos que vienen de la escuela le gritan chanchadas y Sarita se hace la ofendida que es lo mínimo que esperan. Hubo veces que les regaló una mostrada de teta y por ese sólo motivo generaciones de chicos han vivido cruzando por la puerta de la casa de la Renga Yori. También digamos que ella los fue iniciando a casi todos, que fueron llevados de la mano de sus padres o hermanos mayores. Los ha tratado con gran cariño. Después de desvirgarlos los fue viendo crecer y se ganó el respeto de todos ellos para quienes pasó a ser Sarita dicho así, con la ternura que el nombre carga más aún cuando es sostenido por una mujer hecha de amor.

Mientras el pueblo la libera como a un vapor de su cuerpo, ella mira la ruta y el campo y tiene una última imprecisa duda. Cierra los ojos, sonríe y comienza a caminar rumbo a otro sitio.

Es un brillante día de invierno, varios perros afónicos van detrás de la perra del oficial Laroca que siempre está alzada. Un motor que no arranca por lo de Mena, los chicos jugando a la pelota en el "estadio", el grito a uno de ellos para que entre a tomar la leche, más ladridos, estos últimos sin perra alzada que lo justifique.

Ruidos de un pueblo que dice chau.

Sin embargo, también llegan los ruidos de una discusión. Y se van haciendo cada vez más fuertes cuando Sarita se acerca a la esquina. Los ruidos vienen del almacén y parece que la situación está jodida.

"Debe estar", piensa Sarita, cuando ve la camioneta del Ingeniero estacionada en la puerta de trompa contra un Valiant. A Sarita nunca le gustó el Ingeniero, es la única persona que no le gustó atender en este pueblo.

En ese instante se abre la puerta con violencia pegándole a Fidel en el hocico que dispara sin chistar. Atrás sale el oficial Laroca, levanta el capot del Valiant y le arranca unos cables. Entra y mientras se escuchan los ruidos de algunos vidrios rotos sale el Ingeniero, va hasta la camioneta y vuelve con una sierra. Sarita se acerca, más preocupada todavía cuando escucha un grito de espanto quebrado. Entra decidida y aprovechando la sorpresa de su irrupción, un hombre herido sale a la calle. Éste advierte rápidamente por el capot abierto que no podrá arrancar el *Valiant*. Atrás de él sale Laroca a quien Sarita enfrenta cuerpo a cuerpo para evitar que utilice el arma que ya tiene en la mano y detrás viene el Ingeniero con los ojos odiando, enciende la motosierra y encara al hombre que herido e indefenso cierra los ojos. Se abalanza para podarle la vida cuando Julito, sin que le tiemble el hilo de baba en la comisura de su boca, le pone el pie y lo hace caer con la sierra encendida. Se lastima muy feo.

Laroca corre a su lado, está pálido.

Sarita toma al primer herido de la mano.

Fidel se acerca al Ingeniero y lo mira.

Sarita y el hombre se suben a la Chevrolet.

Fidel lo mira a Julito todo el tiempo que dura la meada que se echa arriba del Ingeniero.

8.

Le mira la mano que acaba de errar otro cambio y él la mira a ella primero y a su mano después; entonces piensa un instante y hace consciente el ruido y el cambio de marcha y ahí sí, entra la segunda y la camioneta toma velocidad.

Entrá, le dice a la palanca, entrá o te rompo los dientes.

Se ríen y eso ayuda, parece, porque la tercera no se resiste y llega para dar otro ritmo al motor y a ellos.

Saben mientras avanzan, que, en minutos, muy pocos, deberán empezar a preocuparse. A ocuparse de escapar, de no morir, de curar esa herida en el brazo; sin embargo y sin acuerdo previo se ofrecen y regalan otro instante de dejarse llevar. Capaz jugando a que son dos que vuelven de San Clemente, "por la mañana en la playa qué ricos los mates, y que al medio día comimos un cucurucho de cornalitos cada uno con una *Quilmes* de litro y que vivimos por ahí, en un pueblo con plaza y árboles viejos, en una casa que tiene un elefante de porcelana con televisor abajo y pegada en la heladera *Siam* la cuenta del sodero."

Pero Sarita sabe bien que no es así, y se lo dice:

Hola, soy Sarita

José Luis.

9.

El atardecer los acerca a Dolores y antes del cruce ven las sirenas de un piquete policial. José Luis indica con un cabezazo leve que Sarita advierte, la presencia de un desvío hacia un camino secundario. Lo encaran y entran a los saltos por una huella carrera que exige a la camioneta ponerse tan *Brava* como la propaganda que la vende.

¿Usted es de la zona?

Fui alguna vez. Mi abuelo cosechaba miel por Sol de Mayo y yo le ayudaba

Qué lindo debe ser

¿Cosechar miel?

Sí. Y tener un abuelo que tiene miel y ayudarlo. Yo soy de Neuquén, del interior de Neuquén. Mi mamá me llevó de chica a la capital de la provincia. Yo nací en Junín, pero Junín de los Andes, no este de acá. Ahí sí tenía abuelo y abuela, capaz que miel, primos y eso y todo, pero es como si no. Porque me llevaron de tan chica que me los fui olvidando hasta que los perdí.

La chata interrumpe la charla con unos cabezazos, José saca el cambio y con el envión la alcanza a tirar contra un monte de tala.

No hay más nafta.

Sarita abre el bolsito, saca el pañuelo y lo ata en la herida de José Luis. Antes y después se mira en el rosario. "Ayudalo" le dice. Y en medio de la noche ahora cerrada, le aclara:

"Ayudalo al pobre... que está jodido."

10.

Caminan una o dos horas, o cuatro. Saben que luego de perder distancia con la camioneta abandonada hubo un revuelo de luces. Lo que no saben es si los persiguen, pero por las dudas no se han detenido. El campo imposible fue desapareciendo de un momento a otro y esa oscuridad agresiva se ha ido transformando en una tierra amable, con plantas y pozos y humedad y fresco rocío. Alguna caída fue invitando a una ayuda. Tomarse las manos. Casi olvidados de toda circunstancia han caminado por ratos de esta forma y se reconocieron la palma del otro como un espacio amigo.

No saben dónde están ni cuánto ha pasado cuando aparece la casa. Por temor a entrar por el lado trasero rodean unos trescientos metros de alambrado y frente a la tranquera se acercan unos pasos. La tímida luna menguante intenta por primera vez aparecer por arriba de las copas de una alameda centenaria, novia del cielo. Insinuando una bienvenida que no es, un perro y enseguida muchos más, enchastran los modorrosos planes de la noche.

José Luis y Sarita se toman fuerte de las manos cuando una luz poderosa comienza a andar el corredor de la casa rumbo al exterior, escuchan órdenes y antes de que la luz los apunte, un chistido que llega desde un sunchito a gasoil.

Chst, vengan por aquí

Sarita y José Luis se agachan justo antes de ser iluminados y pese a que los perros encaran derecho hacia el lugar donde estaban, la voz del capataz los chumba hacia donde cree que fueron.

Gracias...

Sí, muchas gracias

No se preocupen por esta gauchada, más vale pensemos cómo los saco de "Las Mellizas" sin que los pesquen. La verdad no sé cómo mierdas vamos a hacer ni realmente sé quiénes son ustedes ni realmente sé porque los estoy ayudando, así que no me agradezcan y realmente acuéstense a dormir porque esto está difícil. Ahí tienen cama y pilchas y hasta mañana.

Sarita y José Luis se sonríen ante la ocurrencia de su anfitrión y los invade el tibio pensamiento de compartir un abuelo, este que ya ronca.

11.

El sol me trata bien. Me rodea la pera y pide que siga durmiendo. Le hago caso.

Sueño con una playa. El olor a pescado primero me acerca hacia la costa y después me da hambre. Papá está pescando.

Tiene ninguna sonrisa en un rostro feliz. Es una paz infinita que se le suelta como sudor.

Me muestra un pescado grande y ahora un pulpo. "Pulpits" dice, rememorando una anécdota de otras costas. Se sienta en la arena y con dos caracoles hace una función de títeres. Los caracoles son idénticos, pero en sus manos uno es realmente bueno y el otro verdaderamente malo. Papá imposta la voz y le brillan los huesos del pecho, pero el público sólo tiene ojos para los caracoles bueno y malo y yo para él, bueno y bueno. Entonces siento el olor de una mujer algo marina. Tomo conciencia, la suficiente como para despertar.

Contra mi nariz está Sarita. Se parece sólo a ella. Despide aliento fuerte y tiene una de sus manos apoyada en mi cadera.

Por encima de ella y sin mover la cabeza, alcanzo a ver lo suficiente para recordar que estoy en problemas.

Sarita...

¡Sarita!

Abre los ojos y se queda mirándome. Puedo casi verme en ellos mientras intenta incorporarme al mapa de sus cosas. Este trabajo le toma unos segundos al cabo de los cuales sonríe largamente.

Buen día José Luis...

Pienso en los perros, el viejito, el tipo de la motosierra, la policía; en papá y su función con caracoles, en seguir viaje, y de todas estas provocaciones me quedo con la expresión de Sarita, como de haber llegado a alguna parte.

12.

El Tribuno — 17 de junio de 1972

¿Guerrilleros en Conesa?

Ayer por la tarde integrantes de un supuesto comando guerrillero intentaron copar con fines estratégicos la emisora radial de esta localidad vecina. En el intento resultó gravemente herido el Sr. Interventor de L.U.28 Segundo Amorín.

Trascendió que uno de los extremistas se habría presentado solo y pertrechado con armas de grueso calibre para iniciar el copamiento, pero fue interceptado por el Ingeniero Germán Rubinger, destacado vecino de la localidad.

La prostituta Sara Almonacid, supuesta conexión local de la organización, irrumpió como apoyo en el escenario de los hechos facilitando la huida.

Se los busca intensamente por la zona de Castelli, Sevigné, Parraviccini y Sol de Mayo, aunque no se descarta que hayan contado con apoyo aéreo y ya estén actuando en otros objetivos.

El comisario de la localidad, oficial Tránsito Laroca, advirtió sobre la peligrosidad de los sujetos en cuestión, al tiempo que pidió a la población "cooperación y valor".

13.

... y ahora los buscan por todas partes

¿Y por qué nos ayuda?

A vos no te conozco pibe. Pero esta muchacha ya me doy cuenta quién es. Y ni sé si guerrillerea o lo que. Pero usted, Sarita, por mí puede ser lo que quiera. Tiene ganado el permiso.

14.

El viejito, en realidad no tanto, tiene los modos de alguien en el campo (tal vez hace bastante) pero no de alguien de campo.

Habla de un Jeep, pero mañana o pasado; que está hace quince años por aquí. Primero aguantando el ruido que hizo un compañero de timba en el Club Los XXV, cuando cayó para atrás con un fierro ensartado en la barriga. Y que el patrón es un hijo de puta pero viene poco y que después se fue acostumbrando y que un día ya no supo dónde ir.

Que empezó haciendo papeles y después se fue cambiando para el lado del lazo y hasta se armó de caballo cuando pudo. Que en invierno trabaja algo de soga y apero, que le salen bastante mal pero lo "caga de gusto".

Habla de una aguada donde nos va a llevar de noche. Que esperemos, porque desde un lugar que parece tapera, al rato saldrá una luz. Que nos acerquemos con confianza porque la mujer que ahí vive, sin preguntar nada, va a entender todo. Que ya ahora esa mujer entiende. Y que esperemos con ella porque en pocos días pasará por ahí un camión con hacienda manejado por un hombre de su confianza y si todo sale bien, nos va a sacar hasta la ruta 3.

15.

El que no entiendo bien soy yo.

Porque el viejito no tanto se empezó a poner mimoso con Sarita que está feliz. Y le habla varias cosas sobre ella y la Renga Yori. Y entre palabras que son de ellos solos, la aprieta contra el aparador y la empuja y no entiendo por qué me da tanta bronca. Tanta bronca y más todavía, cuando se caen al suelo dos platos y una taza.

16.

Esa noche dos *Fairlaine* y un *Falcon* abandonan la estancia. El propio viejo les cierra la tranquera y viene apurando.

El jeep hace un escándalo y sale hacia la nada. Lo come la noche y recién a los quince o veinte minutos de marcha enciende la luz baja. Nadie habla, aunque es probable que el castañeteo de los dientes no lo permita.

Después de unas horas, cuando el frío desmaya, frenan y el viejo les pide que bajen.

A Sarita le toca una mano brevemente, a José Luis se la aprieta y le deja unos pesos, todo junto.

17.

Encima no hay luna.

Sí. Pero estoy contenta

Qué bien

Gracias

¿Qué?

Gracias, José Luis, por tantos buenos momentos.

18.

¿Para qué nos llamaste Rubinger?

¿Y qué les parece? Es la hora de la patria, ni más ni menos.

De la Argentina sin titubeos ni cagones. Salta a la vista que al que se distrae se lo montan los comunistas.

¿Pero por qué no te dejás de hacer el boludo con nosotros? ¡Andá hacete el pelotudo patriota en Conesa! Mejor contá de una vez qué es ese despelote que salió en el diario.

Son los comunistas. Ustedes pensarán que no habrán venido a copar la radio pero escuchen y piensen: punto uno, el tipo cae justo cuando lo estoy asustando a ese pendejo puto de Amorín, que otra vez se estuvo creyendo lo de periodista y anduvo preguntando y tomando notas sobre nosotros. Ojo, algo sabe de todo, la hacienda robada, las jaulas, el contacto Liniers, el desarmadero. Punto tres, para mí Amorín le avisó a este zurdo de mierda que cae directo a la emisora y en un *Valiant*... ¿de qué color? Rojo.

Sos un payaso Rubinger. No tenés ni el punto dos y me estoy cansando de las payasadas.

¿Y Sarita, qué me dicen? Al único tipo del pueblo que le empezó a poner cara de orto fue a mí.

¡Es que sos feo!

Feo las pelotas. La tipa está clavada en este pueblo

Clavando...

Y sale con su bolsito hecho, ese mismo día. Y lo busca al comunista y se la juega por él. Y se escapa con él.

Es lo que hay. Ustedes piensen lo que quieran, pero es lo que hay. Y para mí no quedan dudas.

Podría ser... contado así...

Y escapan. No, si algo habrán hecho, esos hijos de puta.

Qué hijos de mil putas.

19.

¡Vengan por acá! Acá por acá. Pasen chicos, adelante los estaba esperando.

Gracias sí. Pero... ¿cómo supo que veníamos?

Lucio me llamó por teléfono, dice Rosa un instante antes de encender el sol de noche.

La casa es linda, está arreglada. La cocina es amplia y más allá aparece una cortina pesada y entreabierta que deja ver el living con vitrinas y el hogar encendido. Junto a nosotros un teléfono a manivela que ya hace girar.

Operadora, disculpame la hora mi amor. Soy yo, Rosa, comunicame con, mejor llamá vos mañana que le avisen a Lucio que recibí el paquete. Gracias dulce, hasta mañana.

¿Ustedes tendrán sueño?

Y frío, ¿podríamos calentarnos?

Seguro. La pieza de que les preparé está al fondo, pero si prefieren se traen el colchón y se tiran ahí.

Preferimos, se anticipa Sarita a un capaz tímido José Luis.

Rosa ríe como con un chiste hermoso que estaba esperando. Se va para adentro y les trae ella misma el colchón, unas frazadas y más tarde tres vasos un licor de mandarinas que de olerlo solamente, ya emborracha. Se acuestan los tres juntos como primos y primas y se tocan un poco con algo de deseo y mucho de cariño. Jineteando en el filo entre el sueño y la vigilia Sarita cacha otra palabra.

Gracias, Rosa, decime ¿por qué nos ayudás?

Porque lo odio.

Al hijo de puta de mi marido Germán Rubinger, lo odio.

Ah.

20.

¡Sola, con quién voy a estar! Y aparte ¿yo te pregunto qué andás haciendo vos en tus reuniones?

Rosa está al teléfono. La veo de espaldas, la luz de la mañana ilumina a su lado un cuadro de Paulo VI y rodeándole, seis, siete rifles de matar distintos tipos de cosas. Hay un cuadro de un pibe llorando junto a una cabeza de jabalí y una heladera con elefante arriba con billete enroscado en la trompa, pero no me transmite ningún deseo inmobiliario.

Despertá, José Luis, tenemos que irnos.

José Luis se toma la cabeza. Mira la botella vacía de licor, me mira, mira la casa y a Rosa que ya está girando.

¡Buenos días, chicos! Enseguida preparo el desayuno.

La manteca es casera y está dentro de una mantequera de palo con forma de pez. También el dulce es casero y en el tazón de leche debe entrar cerca de un litro. La duda se me hace grande y le pregunto:

¿Vos sabés quiénes somos?

Más o menos; pero sé quién soy yo.

Para de hablar y con un gesto nos pide silencio. Se escucha el ruido de un camión a unos cien metros.

Apúrense que ya llegó.

21.

Las nubes son todas distintas. El sol de la mañana las quiere y por los bordes les tira brillos.

Dejamos de a poco la ruta 11 y en la caminera nos damos el lujo de decir chau con la mano al milico que saluda también, levantando y bajando la cabeza.

Vamos con permiso.

Nos vamos.

Antes de tomar la ruta 2 paramos en "La Estrella". Todos hablan con todos de nafta, de cuánto es, de partidos de fútbol y cosechas.

El camionero baja a comprar un sánguche y la gente sigue entrando y saliendo o pasando de largo. Todos parecen tan seguros. Eso de estar yendo a alguna parte les produce cierto estado de soberbia. Un papá sostiene a su hijo mientras éste mea la rueda del auto, la señora se arregla en el espejo. Un grupo en camioneta es una sola pared de risa los diez minutos que tardan en llenar el tanque. El camionero vuelve.

Me tardé un cachito, avisa risueño, pero traje sánguches para los tres.

El *Bedford* manda la fuerza para abajo, da pequeños rebotes y de a poco va tomando velocidad. Vamos dejando atrás las últimas parrillas mientras el chofer me mira de a ratos con sonrisa, buscando aprobación a alguna cosa.

Me llamo Salvadori Pedro, pero me dicen Salvatori por el corredor ¿lo conocen?

No, dice Sarita.

Está andando muy bien, explica ceremonioso, está andando bien y si sale campeón con la cafetera, en la peña pensamos armarle un Turismo Carretera para hacerlo mierda al puto de Pachalat.

¿Y tiene posibilidades?

Casi no. Está quinto y si no sale campeón lo vamos a cagar a voleos en el culo.

Va de la sonrisa a la dureza a la sonrisa que ya vuelve...

¡Qué máquina no!

Sí debe ser...

¿Cómo que debe ser? Es. El *Bedford* digo que es una máquina, con el jaula completo y ni tose. Mirá que yo manejé de todo, *Mercedes, MAC, OM, Magirus*.

Los va nombrando y para cada uno tiene un gesto. Con el *OM* se nota que algo hace que lo respete, aunque no le cierra, se revuelve como sintiéndose incómodo; al decir *Magirus* alza la ceja y el cuello se le pone como el de los dos ciervitos pegando el salto y con el *MAC* algo le pasa, porque lo jode nombrarlo hasta hacerle sentir incluso como un olor feo. Con el *Mercedes* es neutral.

En Castelli nos para la caminera. Salvatori se baja y en lugar de mostrar los papeles del camión o la carga, mueve mucho la risa. El milico lo palmea y él le retribuye con una piñita en el hombro antes de subir nuevamente. Nunca atlética la forma de subir, pero armoniosa, vistosa. Será la forma de poner cada pie en el lugar que va, y hacer la fuerza justa con el brazo derecho colgado del parante; después, soltar el cuerpo como un bailarín de cien kilos y terminar con clase y de un solo movimiento, abriendo la puerta y soltando el cuerpo dentro de la cabina. Saber lo que se hace, proporciona al hacedor un estado de gloria

¿Y así que son amigos de Don Rubinger?

Algo así, respondo al tiempo que Sarita responde "sí".

Nos hablamos con la mirada y ella lo arregla:

En realidad, somos amigos de Rosa.

Sí. Al Ingeniero lo vimos muy pocas veces.

Yo les aclaro una cosa, dice Salvatori como si esperáramos eso; estoy en esto porque es un trabajo de camionero y soy camionero, después lo de juntar guita para salvar al país del comunismo y todas esas mierdas a mí no me calientan. A las reuniones me hacen ir y voy, pero la mayoría está prendido por el puro afano, porque afanar con la cana es una garantía. Yo realmente me mantengo siempre del lado de la ley, es algo que mamé de chiquito. Con decirles que mi tío fue policía, se jubiló por invalidez a los treinta años cuando mi viejo le cortó tres dedos jugando al truco. Dijo que fue salvando una viejita de unos chorros que la estaban currando y entonces lo jubilaron con medallita a los treinta años y de estar al pedo se hizo muy alcohólico, por eso yo a los chorro los odio. Siempre ando derechito por la vereda correcta, esa enseñanza la tengo muy adentro. Un martes en Liniers, me hicieron entrar tres veces con la misma hacienda, las vacas estaban pelotudas tanta calesita, pero me las pagaron tres veces. En el billete están todos prendidos, pero en las brigadas anticomunistas muy pocos. A veces pienso que nadie. Que ni Rubinger pienso.

22.

La ruta tiene olor a bosta ardida y las palabras tienen que ser muy poderosas para imponerse al ruido del *Bedford*. Los brillos dentro de la cabina son tantos que también despiden sus sonidos. La palanca de cambios viene con empuñadura de dos tetas que constantemente obligan al índice de Salvatori a reposarse y pasarse entre ellas, tetas rematadas hacia abajo en cintas de colores. Las tripas, pienso, de la sin cabeza y con cuerpo de palanca. Desde el techo y junto al parabrisas baja un volado de unos veinte centímetros tipo el tutú de una bailarina clásica, y lo bien que baila y va y viene con cada movimiento de la ruta 2. Cenicero y encendedor carusita, y cigarrera con mecanismo que permite con una leve presión en el medio hacer saltar la tapita para que los *Fontanares* queden al tiro; el volante nacarado, los relojes, la radio, todo refleja y es reflejado dentro de esa cabina donde rebotan y se quedan por adentro como el humo de los *Fontanares* que hacen ruido, junto a las voces únicamente fuertes en competencia con el *Rotativo del Aire* que dice que en Tucumán desbarataron una compañía que pertenecería al ERP, que de todos modos se conocería que en el monte... cuando de frente, uno de esos grandes de *Cárguelo a Rabbione* y bocinas para enmudecer el aire y "¡te cargo acá arriba, maricón!". Y risas para Sarita que un poco y para mí que no sé, y para él seguro que sí, para él montones y va con humo y carraspeo y un gargajo afuera por el vidrio que baja de golpe, justo que el *Rotativo* rota con que en Dolores prófugos los guerrilleros, se los busca por allá y por acá y son malos parece, parece que el camionero no escuchó y que el carusita no tiene piedra, no tiene piedra "la concha de la lora y la verga del toro", y lo castiga contra el volante que se desnascara y pese a eso y los gritos y todo, sigue sin piedra, con menos chispa que una almeja.

23.

La media mañana trae serenidad a la cabina. El sol de julio despierta un inconsciente sentimiento de protección que Sarita no se cuestiona. Por el contrario, cree lo que el momento le sugiere sobre todo si es algo posiblemente bueno. Motor y movimiento de la cabina hacen el resto y se abandona en un sueño blanco que la tira para atrás.

Van con sus hermanas al río caminando por una calle de tierra. Están tan felices que todos se dan vuelta para saludarlas con manos y palabras que dicen cosas bonitas. Una de sus hermanas se queda conversando con dos militares que ríen mal. Sarita quiere ayudar, pero en realidad nada lo justifica y las otras hermanas le dicen que deje, que vamos al Chimehuín que el agua está linda. Los dos militares se ríen más fuerte y el uniforme ríe y las botas negras ríen con carcajadas violetas cuando sus armas reglamentarias comienzan a disparar por todo Junín y las hermanas ríen y ella les dice ¡no! con un tiro en el pecho, que la dejen, que guarden sus lenguas en las canoplas, que la orden de mando es ¡no y no! con otro tiro en el pecho lo agarra del cuello a uno que sigue disparando y la gente muere de balazos por el pecho o el ojo y continúa por las calles diciendo buenos días, entrando a "La Perla" a preguntar cuándo llega el colectivo de Zapala y a la panadería de Buamscha a comprar dos galletas. Con tiros en el pecho guardan los vueltos en los monederos de cuerina y salen acomodándose el pelo, porque es noviembre y el viento está más vivo que nunca, y el viento no tiene pecho para que los milicos lo dejen perforado.

Y muerto.

Como a lo demás.

24.

¿Te dormiste?

Si mi amor, no te sentí llegar.

Estamos haciendo un gran trabajo. El comunismo para nosotros no es ideología. Es una oportunidad. Nuestro mejor motivo para hacer lo que hay que hacer.

¿No se les está yendo la mano?

¿A dónde?

No te hagas el boludo, Germán.

Rubinger sonríe de costado y haciendo un pequeño ruido gastro-faríngeo. Es poco, pero quiere decir que está contento. Rosa le sirve un vaso de *Legui* del que toma un sorbo antes de entregárselo.

Lo que publicó el diario no se lo cree nadie. ¿Amorín murió?

Digamos que dio la vida por la causa.

Al ruido gastro-faríngeo ahora se le suman algunos estertores, que se licuan con un poco de caña que le sube directo a los ojos para llorar lágrimas ardientes. Rosa lo mira con desprecio y él la toma con fuerza de una muñeca, le dobla el brazo y la pone de boca contra la pared. Rosa jadea y respira con dificultad chapoteando el aire con la sangre que le salta de la nariz y calla, porque sabe que cualquier comentario puede empeorar las cosas. Rubinger juega con la lengua por su oreja. Le muerde el lóbulo, con cuidado al principio, mientras la apoya con todo su cuerpo y se frota en él. Cierra la boca ahogando gritos y palabras y con sólo un graznido metálico anuncia que ha acabado. La toma de los pelos con su ahora mano libre y la golpea dos tres veces más contra la pared de un modo parecido al cariño. Antes de soltarla repite:

Dio la vida por la causa, y vos podés ser la próxima patriota.

25.

Salvatori bigotea el remolque y el chiflido se junta con la amontonada de hacienda. Aunque parezca una estampida, lo que en realidad está gritando el camionero no es un pedido de ayuda, sino eso que creen escuchar, aunque no tiene sentido, pero sí, no cabe duda de que el tipo está gritando "¡medialunas, medialunas!".

El camión se detiene, las vacas protestan por ser tan vacunas al matadero. En un tono íntimo, casi sensual, Salvatori nos mira y en lugar de "los amo" nos dice: "Medialunas... estamos en el Atalaya". Su emoción coincide con el cartel que se encuentra a un metro nuestro anunciando la gran confitería que aparece detrás. Es el mediodía, pero se impone que será de medias lunas el momento. Bajamos como viejos amigos y nos confundimos entre otros. Nos sentamos en una mesa y el mozo se acerca.

Tres café con leche y una docena de medias lunas

Perdón Salvatori, pero si no se ofende yo prefiero un sánguche de jamón en pan Felipe... y por favor, le saca un poco de corteza.

Yo sí

¿Usted qué?

Me ofendo, pedazo de mierda, usted no sabe una bosta. Y mirándolo mal al mozo, traiga lo que le dije... y perdónelo.

Mi situación no da para discutir y no sé qué carajo de esto es lo que Sarita encuentra divertido que se sonríe desde adentro hacia fuera con el problemita gastronómico. Una sonrisa que la gana por los ojos y le gobierna un movimiento delicado; encoger algo el cuello al tiempo de mover levemente la cabeza.

Salvatori le grita al mozo que se apure y el mozo se hace el pelotudo y no viene. Salvatori se para como para matar y al no encontrarlo termina en una cola con la bandeja en la mano. Sarita está radiante. "Te acordás," me dice. Está jugando un juego y no me dice las reglas. Salvatori vuelve con fuente café con leche y medialunas abriéndose camino entre las sillas a patada limpia. Al principio sólo los más cercanos se dan vuelta para mirarlo. Cuando una silla cae al suelo y la abuela de una familia de turistas protesta con las manos ofendidas, medio Atalaya se dedica a mirarlo. Entonces yo la miro a ella y le digo: "Más vale. Cómo podría olvidarme".

26.

Realmente las medialunas están increíbles. Como dos, igual que Sarita y distinto que Salvatori, que se come el resto.

No se preocupen, adivina mientras se atraganta con la última, encargué dos docenas más para llevar.

Menos mal, Salvatori, están riquísimas.

No ve, animal, escuche a la señora. La señora sabe escuchar y sabe lo que vale. Sanguchito sin corteza...

Canturrea burlón y confundiendo la elección de medialuna o sánguche con un concurso a ver quién es más macho.

Yo también me río.

Siempre viene por acá.

Soy de acá, se agranda. Bah, de acá cerca, el glorioso pueblo de "Pedroene Escribano". ¿Conoce?

La verdad que no.

No, si usted no sabe nada. Está a 72 kilómetros si va por don Cipriano y por abajo queda un poco más cerca, pero es más fiero el camino. Nosotros nos criamos ahí, solamente veníamos al pueblo a comprar medialunas. Somos nacidos y criados en la Estancia "La Piedad" donde mi abuelo murió peón. Yo, mis hermanos y primos. Algunos quedaron por ahí, otros se armaron de chacrita y otros se fueron. Si quieren los llevo a conocer. ¿A ustedes les interesa trabajar por acá?

Sí. Se adelanta Sarita.

... porque mi primo el Néstor puso taller en el pueblo y no quiere desatender los clientes ni vender la chacra.

Sí, cómo no nos va a interesar, agrego regalando toda la frase a Sarita que brilla. ¿Te acordás Sarita cuando teníamos la chacra?

Siempre.

27.

El primo Néstor está en el pueblo en un galpón con olor a fierros y asado. Es uno de esos lugares a los cuales uno se mete sin estar nunca seguro de que sea por donde corresponde. Dos portones grandes en cada extremo, los dos abiertos y en la pared una puerta de chapa, también abierta. En todas partes pedazos de autos y autos hechos pedazos y en un rincón un anafe junto a la butaca de un auto viejo con vista a un almanaque de cubiertas *Fate* con rubia en tetas. El cableado de la luz corre panceado por el tirante y luego por el aire cruzando azul y rojo todo el taller para terminar en un pilar trifásico desde donde, sin enchufes, toman corriente el cargador de baterías y una autógena, recubierto, eso sí, por una bolsa de nailon atada con alambre.

Salvatori tira unos gritos y por debajo de un Rastrojero asoma el primo.

¡Qué hacés mugriento! Este roñoso anda tan grasiento que si lo empujan arranca, bromea con nosotros que miramos al primo que no bromea.

¿Quiénes son?

Aflojá un cachito. Son amigos míos, te los conseguí para la chacra.

Si son tus amigos se pueden ir yendo a la mierda.

Ni los conozco

Ah...

¿Qué cosa Don Néstor? pregunta Sarita

Que ah, entonces ahora los llevo para la chacra.

Sarita me toma del brazo como si fuéramos esposos en la panadería dudando entre llevar vigilantes o bolas de fraile.

Néstor y Salvatori se alejan unos metros y bajan la voz detrás de un *Topolino* que debe tener mil años. Después Salvatori saca unos papeles y algo de plata y se los pasa al primo. Vuelven y vuelven los gritos.

"Los dejo muchachos", y como si fuera otro que éste que hoy conocimos, toma a Sarita de los hombros y le dice: "le deseo mucha suerte", y deja para el final un abrazo rematado en dos o tres palmaditas.

Para mí tiene un "chau sanguchito sin corteza", haciéndose el puto y tirándome una piña en el brazo, parecida al amor.

28.

Luego de varios intentos con espera de calentamiento incluido, Néstor arma un hisopo con un trapo encendido en la punta de un alambre y lo mete en la toma de aire del Rastrojero que así tampoco. Entonces empujamos hasta afuera y otra chata que pasa nos empuja una cuadra hasta que por fin nos movemos por nuestros medios. Después de una hora y media o dos, nos acercamos a un caserío. Me trae el recuerdo de la llegada a Conesa y creo que Sarita piensa algo parecido porque me toma de la mano mientras deja la mirada por otros lugares. El cartel tiene más balazos que letras y está claro que podrán las balas antes que Vialidad, de todas formas, alcanzo a leer: "Pedro N. Escribano". Avanzamos por detrás de una alameda y nos metemos por una huella durante otra media hora.

Llegamos a la chacra que está peor de lo pensado.

Vengo cada tres días, pero no me dedico, aclara Néstor y le creemos. Unos pocos chanchos y gallinas se manejan a gusto entre el chiquero-gallinero-casa.

¡No, plata no, plata no señor! Se queja ofendido Néstor y propone, si la chancha tiene chanchitos, uno de cada tres es de ustedes. Si organizan las ponedoras, cada cuatro huevos que me dan se quedan uno. Naranja y mandarina cosechen a su gusto; una vez por semana les traigo un poco de arroz y fideo y punto, concluye con cara de "qué más quieren".

Lo voy a mandar a la mierda cuando Sarita otra vez se me adelanta:

Gracias Néstor. Y pegándole un beso agrega, y vaya tranquilo nomás.

29.

En nuestro primer día organizamos cómo sobrevivir. Tratamos de garantizar aspectos de higiene y comida. Sarita está feliz y recorre la casa encontrando soluciones. Trato de estar a su nivel.

Paramos para comer y dormir cuando nos obligan el hambre y el sueño.

Al otro día avanzamos sobre una segunda línea. Y si bien mis segundas prioridades son bien otras que las de Sarita, me parece práctico que cada uno avance por donde cree.

Salgo a recorrer los vecinos. Necesito tener ideas de salidas y distancias. Cómo desarmar una pinza si llega el caso. Por otro lado, tengo que pensar cómo hacer contacto en el mediano plazo con Fabián, mi responsable en la organización. Tienen que saber que estoy vivo y tengo que saber qué fue de ellos.

El camino se repite en una secuencia de pampa húmeda ajena y desnombrada. Necesito hablar con alguien y ese es también el mayor riesgo que puedo correr.

Al costado del camino van apareciendo algunos talas dispersos, a lo lejos se ven montes cerrados que suponen una aguada, animales. Voy pegando la vuelta con los pantalones agarrados de abrojos, cuando una chata corta la curva detrás mío, se acerca, se detiene y con un grito el chofer se ofrece a llevarme.

Los vi llegar con Néstor.

Ah, sí... vamos a trabajarle la chacra.

¿En serio? Van a tener que trabajar bastante. Y dicho esto último ríe como un perdido.

Me llamo Terruggi, Coto Teruggi. Soy nacido y criado de acá y en mi vida vi que estos cabeza de guasca hagan algo bueno.

Saca un peine *Venado* todo el tiempo que duran sus palabras y silencios. Se repasa el pelo con una mezcla de obsesión capilar y truco de magia. Lento y desafiante sostiene la mirada los cuatro segundos que dura la pasada como diciendo "me peino ¿y?, me peino ¿y?, me peino ¿y?, me peino ¿y?" Y de inmediato el peine desaparece en el bolsillo trasero pero, desconfiado, vuelve la mano sobre lo que hicieron los dientes del venado que ya no se distingue bien si viaja o no dentro de la palma.

¿A qué se dedica?

Abejas, ¿le interesa?

Sí.

Y bueno, si le interesa lo puedo ayudar a armarse, pero a usted. Con ese culeado de Néstor no quiero nada.

Lo dejo aquí. A mi chacra se llega por el huellón que sale en la alcantarilla aquella, dice señalando con su dedo índice parecido a una rama de tala cascoteado, con esquinas y filos titubeantes a la hora de decidirse por una dirección.

De ahí tiene que hacer unos tres kilómetros para el lado de "Pedroene", se va a encontrar con un sauce guacho que detrás tiene una virgencita en una casilla hecha con un tambor de doscientos. Claramente salen dos caminos, usted agarre el de la izquierda y le pega hasta una aguada anunciada por un molino roto. Dele toda la vuelta y va a ver que el camino a veces ganado por el pasto, aparece después de nuevo. Es que salgo poco, explica sin necesidad.

Es aquella ¿ve?

¿Dónde?

Aquella.

Me señala una alameda a doscientos metros de donde estamos parados.

Si sale saltando los alambres por atrás de su puesto llega enseguida, pero se pierde el viaje. Y a veces el premio está en el viaje no en la llegada.

Me mira satisfecho con la idea y agrega:

Además, me gusta que la primera vez que se venga a mi casa se lo haga por la tranquera. Si no, es como desmerecido que la pinté de rojo y le puse el nombre en un disco de arado.

¿Cómo se llama?

"La Dormida", por mi mami. Mami se quedó dormida con el Bram Metal prendido y amaneció muerta. Por eso para mí, está dormida pero mejor, porque ahora no ronca ni se despierta a joderme.

30.

Sarita se dedicó el día. Está recién bañada, con el pelo atado. Lavó sus ropas y tiene puestos una camisa y un pantalón inmensos que encontró por ahí.

Se ríe.

Me recuerda a Julia en Tucumán: más fuerte y hermosa que toda la selva.

¿Estás bien?

Claro... ¿No ves que estoy llorando?

31.

¿A cenar?

Sí. Es medio personaje este Teruggi. Se peina a cada instante y bastante al pedo porque atrás manda la mano alisando, como un efecto plancha. ¡Y no está despeinado!

Sarita se ríe disfrutando su risa. Risa de su río Chimehuín corriendo por la barriga de la Patagonia. Cosquilla del desierto abierto que fue de ella y que hoy padece en un rincón de la memoria más sonoro que la palabra "¡rajen!". Ríe también como una niña perdonada por su madre después de haber robado fruta verde. Como una nube ríe. Azul pero amarilla, ríe y ríe Sarita. Luminosa.

Y porque va a cenar con este José Luis que en tan pocos momentos deja de escapar, como ahora, que distendido y tentado continúa:

Lo peor es que queda acá a la vuelta, pero me dice que entremos por la tranquera y para eso tenemos que andar tres o cuatro kilómetros

¿Qué?

¡O cinco!

Sarita ahora sonríe como abrazando, comprendiendo, con ternura infinita.

No importa cuánto sea, mi amor.

José Luis la mira sin definir claramente si averigua el "no importa" o "mi amor". Se toma un instante ruidoso en la casa ahora ordenada pero siempre ascética. Ella tuerce un algo la cara y pestañea perezosa, el entrecierra su ojo izquierda enfocando una idea y sonríe y le dice:

No, claro. Qué va a importar.

32.

Sarita y José Luis del brazo en la noche empañada, andando la huella cruzada de invierno, con seis huevos en bolsita de nailon, eligiendo los pasos por el camino vecinal desvecinado, con ecos lejanos de perros anunciantes y despedidores, con un silencio parecido a la palabra "todo", a casa de Teruggi mielero, hacia el disco de arado enletrado, disfrutando del premio de gozar de este viaje, del tiempo olvidado en relojes de ingenieros y en el resto del mundo después de las banquinas de este camino a lo de Coto.

¿Coto tiene familia?

La verdad que no sé.

Yo tampoco sé.

Por eso quiero volver a Junín cuando se pueda. Presentarte a mis hermanas y a mis tías y tíos, llevarte a pasear por el río. Si vamos todos seguro que el tío Lenco se hace un chivo al asador que sale con verdulera y baile... como una misma cosa.

33.

¿Seguro?

Te digo que sí, pajerto. Salvatori lo contó en la peña y cuando habló de que eran amigos de la Rosa, ahí me saltó la rana y me cerró.

No, si esta Rosa para cagarlo a Rubinger hace cualquier historia, y no sería la primera vez

¿Y se puede averiguar dónde están?

Yo creo que sí

¿Se lo vamos a decir al Ingeniero?

Se lo vamos a decir y se lo vamos a facturar a ese conchudo.

34.

Tal lo indicado, el disco de arado aparece impecable al costado de la tranquera roja. Caminan como ciegos en medio de la misma callada luz nocturna, pero ahora planeados de dudas. Al fondo, la luz de un farol hace un recorte cuadrado a la noche anunciando la ventana de la casa.

José Luis y Sarita van con pasos pequeños y livianos. Como avanzando después de llegar tarde al cine, con deseo y vergüenza, invitados pero invasores.

Ya están bastante cerca y la falta de perro gritador decide a José Luis por un disfónico:

¡Don Coto! y es como el despertar de un avispero, pero de perros, que se lanzan indignados sobre el gritador temerario. Sarita saca algo de algún lado y logra divertirse con el arisco momento y José Luis sorprendido, la mira entre suplicante y extrañado cuando una voz fuerte y serena dice "¡perro!" Entonces la noche vuelve a ser la noche.

Detrás de dos últimos gruñidos, Coto ya guarda el peine *Venado* en el bolsillo trasero y avanza hacia las visitas, dos, tres pasos.

¿No les dije?

¿Qué cosa?

¿No les dije que no hicieran ruido? En esta casa siempre se respetó el descanso y desde que descansó mamá, estamos en silencio.

La casa anuncia más desorden del que en realidad tiene. Está ganada por una tibieza de tía buena, de esas que en cualquier momento corren un mantelito y te ofrecen pastafrola.

... y en esta pieza duermo yo y acá al lado las chicas,

¿Las chicas?

Las abejas. Hasta que llega el verano la pasan conmigo, descansando. Después empieza para ellas la ceremonia de ser abeja. Muchas veces me siento un intruso demasiado ojetudo de poder ver lo que veo por estar donde estoy.

¿Y qué ve?

Veo que el amor es una progresión celeste, la justicia un ascenso en círculos violeta y que la libertad es roja, pero sólo llega después de los otros movimientos. Porque la mañana de la abeja es una sinfonía de sentido. No sé, no me siento digno, a veces creo que me van a venir a buscar por este abuso.

...

Estoy entre estas paredes y sé que escapo de algo y nada quiero más que ser agarrado para poder liberarme,

¿De quién?

Eso ni me calienta. Es al pedo,

¿Qué cosa?

Es al pedo rempujar cuando la poronga es corta.

Los tres están desconcertados con la no charla de Coto Teruggi que enreda y se enreda y es Sarita la que intenta ordenar el ovillo.

Le traje huevos don Coto.

Muchas gracias, vecina. Siéntese por favor que voy a ver si está el pollo...

José Luis y Sarita conversan entre ellos sentados a la mesa, serenos después de haber sentido una bienvenida confusa por parte del dueño de casa que ya vuelve.

No está.

¿Quién?

El pollo, lo fui a buscar y no está, pero no se preocupen los invito a cenar huevos fritos, con longaniza de la casa.

El resto de la cena cae como un cansancio bueno.

Las palabras saltan amablemente por la mesa. Los tres saben de soledad y saben por eso mismo, valorar este momento en que nadie espera nada de nadie.

Las voces se van viniendo graves cuando toca hablar de madres y del tío personaje de cada uno. Los huesos se alivianan y la carne se pone pesada.

La amistad es como un zumbido propio que arranca con un poco de motivo, suelta Coto Teruggi de despedida.

Gracias por todo, Don Coto,

A ustedes, por hacerme zumbar.

35.

¿Vos estás seguro che?

¡Más vale!

Llevame entonces.

No es tan así Ingeniero.

¿Y cómo mierdas es?

Pagando, me tiene que pagar

¡Pero esto es la causa, animal!

Sabe qué pasa, en su causa los ricos siguen siendo los mismos y a los pobres nos puede llegar a tocar estar cerca del calorcito que ustedes largan. Para mí entender la causa de su causa es juntar más billetes. Yo no soy distinto que usted. Es más, me le quiero parecer tanto que necesito bastante plata para agarrar esa altura.

¿Cuánto?

Doce gambas.

¿Me querés cagar hijo de puta?

No, yo solamente me quiero comprar un *Falcon* para ir a pescar pejerreyes.

36.

Esta semana Néstor fue generoso. O bien lo de "arroz y fideo" fue una manera de decir o está realmente agradecido por todos los adelantos en la chacra. Lo cierto es que arroz, fideo... y aceite, galleta, pintura, alambre, herramientas. También un perfume para mí que capaz agradecí demasiado; digo nomás, porque José Luis se molestó un poco.

Pareció.

Porque a él realmente se le nota poco lo que le pasa.

Para mí le gusto, pero este tipo anda siempre con la cabeza rajando. La mirada por arriba es ligera, pero por dentro todo pena.

Coto llegó esta mañana con historias de abejas y aunque me pierdo un poco, José Luis les encuentra bastante sentido. Le dejó dos panales y él ahora los observa y parece recordar a Coto y a él mismo.

Yo también tengo un zumbido que me sube desde la barriga, y me baja. Me va tomando todo el cuerpo. Si fuera solamente ganas de coger se lo diría, pero es un aleteo avisador de otros asuntos. Lo miro mirar las abejas y nos veo en el campo, en mi Junín, parecidos a otros, pero nosotros, hablando del país. "Como puede ser que sea tan lindo", le digo; y él suspira con mi frase. Y yo suspiro porque el zumbido se me pone prepotente. Ahora estoy segura de que tiene que ver con coger y todavía no es eso. Desde el viejo Perelín a mis años de oficio tuve miles de hombres por arriba y abajo y ahora este José Luis se me gana por dentro. Qué raro. Parece que si va por dentro no tiene que meterse en ningún agujero, y no pesa como los grandes, ni huele mal como los chivados, ni clava los dedos como los nerviosos, ni pregunta cuánto es o cuánto tiempo.

Me tiene agarrada con apenas la yema de su vista y el zumbido me busca y rebusca todo el cuerpo y me toco la concha que habla de la lluvia en Valdivia de donde vino el abuelo, el que capaba a diente y jineteaba de palabra, y me subo a ese caballo que me revuelca por las piedras y por el suelo volcánico de la cordillera que se empieza a rajar cuando el zumbido se hace un ruido insoportable y lo miro por última vez y él parece se para y me ve y sonríe y vuelo por el mundo y se hace de día, aunque es de día.

37.

José Luis duerme siempre alerta y poco. Pero hace dos noches que ese descanso aparece interrumpido por un grito que enseguida ahoga contra la oscuridad. Sarita le encuentra la frente sudada y la acaricia en un recorrido fresco y relajante. De todos modos, José Luis vuelve a su guerra y discute con otros tirando al suelo las frazadas como capas de un manto de dudas, que arden. Y vuelve a la casa operativa, donde Diana manipula gelinita como polvo Royal y habla de dónde poner ese caño como si no se tratara de la muerte. "Se trata", le dice, "y de la vida, que es el mismo tema".

José Luis no es José Luis y desde otro le dice a Diana que se trata de otras cosas también, "nuestras enfermedades ideológicas no son solamente el individualismo, dogmatismo, el empirismo, eso es fácil de reeducar; nuestro problema está en no poder ver desde ojos nuestros". Y desparrama por el aire material partidario de Vietnam, Camboya, China "¡el pensamiento revolucionario de Ho Chi Minh, y Don Pascual en la esquina se muere porque no tiene los remedios!". Y se retuerce en la cama peleando contra un silencio acerado que se metió en la casa, la respiración apenas de los demás y Diana; siempre pasan cosas alrededor del mundo y el mundo es ella con sus labios finos, su cara dispuesta a transformarse con tres minutos en el baño, distinta para otros. Diana de entrecasa con la hebilla roja, provocando los silencios más grandes cuando toma la palabra y aunque esté presente el comandante. Segura como una gota de lluvia cayendo en el mar.

José Luis abre los ojos y tiene para Sarita la mirada más amplia. Es una mirada con cosas que no se dirán. La toma de la nuca y la acerca a su cuerpo. Entre el sueño y la vigilia sabe que es la vigilia y la acaricia por la espalda reconociendo ese territorio liberado. Ella responde abriendo paso por su cuerpo al ejército zumbador que la busca y lo busca, y los encuentra. Y danzan la sinfonía desprendidos de todas las presiones del mundo, hasta quedar celestes de placer.

38.

¿Y Rubinger se enteró?

Si Rosa, yo mismo le dije. ¿Sabés qué pasa?, yo soy ambicioso como vos y le cobré. Si querés te puedo decir dónde están.

¿Cuánto?

Doce gambas. Es la mitad de lo que pagó tu marido.

Es que vos sos otra cosa Rosita.

Vos no.

39.

Se tienen que ir ahora, pero para Pedroene no porque está mi marido y en Chascomús están revisando hasta los tractores. ¿No conocen otra manera?

Cuando llega Rubinger en su camioneta escoltado por un patrullero, el auto de Rosa ya se perdió hacia Chascomús.

Mire Néstor, puede que no tenga nada que ver, a usted no lo conozco, pero su primito Salvatori no andaría en algo de lo que estoy pensando, porque no le da la mente. Entérese que está en un terrible quilombo del que puede salir o no y que de usted depende. El tipo y la atorranta no son esa buena gente que usted piensa. Son asesinos, ladrones vinculados a la guerrilla que buscan destruir la argentinidad. ¡Mi Argentina! Eso quieren estos apátridas, para entregarla al comunismo internacional.

¡Si serán pelotudos carajo!

¿Usted se imagina a usted mismo, por ejemplo, de diputado de la nación? Con las manos engrasadas, llegando a la casa de gobierno en Rastrojero, colgando en el despacho almanaques con mujeres en bolas. Piense un cachito Néstor, porque si no pensamos un cachito y actuamos en consecuencia con nuestros principios, nos vamos todos al pasto. ¿Me entiende? Es necesario darlo todo para impedir que nos lleven a ser un país sin clase.

¿Qué clase?

Clase... qué sé yo pelotudo de mierda, ¿vos no sabés que carajo es la clase?

40.

Rubinger y la policía revisan la casa poniendo atención en destruir cada cosa.

¿Dónde pueden haber ido? ¡Decime dónde, chaparrón de bosta!

Néstor mira la pampa vacía y suelta la vista por donde algún sábado adolescente cazó liebres y martinetas. Se acaricia la pera tomándose un ratito que no le dan, abre las manos y al tiempo que las manda al mameluco se encoje de hombros:

Ni idea che.

La primer trompada le suena la oreja de tal modo, que no puede advertir que la piña terminó y sigue gritándole al oído. Mareado da un par de tumbos y cae al suelo como un tambor de doscientos, con cien adentro. Las primeras patadas no pueden colársele en la cara porque cruza los brazos como rejas, que ceden poco a poco hasta que después del primero, son varios los borceguíes que le estallan en la cara. El propio Ingeniero se da el gusto con más presunción que efectividad y él mismo dice basta.

El tipito tiene ganas de colaborar, ¿o no?

Desde el suelo Néstor se toca como revisando qué le falta, lo ayudan a ponerse de pie, se da vuelta y en sentido del camino que lleva a "La Dormida" les dice:

Por ahí se va a nuestro único vecino, son cuatro o cinco kilómetros, deben estar ahí.

En un segundo están partiendo hambrientos de cachar esos culpables. Cagarlos de una vez para que aprendan. Ordenar un poco este país "qué carajo". Darles y darles.

Sólo les falta ladrar mientras desaparecen por el camino largo, tan distinto que el otro camino de doscientos metros que ya vienen recorriendo José Luis y Sarita y un Coto solidario que sube con ellos para "Pedroene" en un Rastrojero zumbador y mielero como una sinfonía.

41.

Al mediodía pasan el pueblito. Miran y son mirados por vecinos apacibles que irradian una tranquilidad envidiable. Frente a la plaza un grupo está en la puerta del boliche marcando tarjeta debajo del cartel de cerveza *Palermo* parecido al anuncio de la estafeta postal y otro de *Canadan Dry,* el de la chapita.

Toman por una calle de algarrobos y plátanos. Saben que serán descubiertos y que tienen cuanto mucho, veinte minutos de ventaja. Pero el Rastrojero (que Néstor dirá que le robaron para salvar su propia vida) parece enamorado de estas piedras y se desplaza sin torpeza ni furia a 110 por hora, desentendiéndose de curvas y badenes, de puentes y caballo suelto.

Argentino tenía que ser.

¿Por lo ligero?

No, por lo comprensivo.

42.

Coto nos dice que bajemos en un cruce donde vemos lo mismo que antes y ahora: nada. Pero él conoce y nos indica que corramos sin mirar atrás unos trescientos metros, que ahí podremos estar unos días. Sabemos que no nos está entregando pero que él está poniendo demasiado y queremos agradecerle, yo quiero abrazarlo decirle cuánto lo extrañé todos estos años que tuve amistades por turno en lo de la Renga. Y casi no puedo, porque él ya sale disparado con la puerta que queda abierta y pega dos, tres aplausos hasta que se cierra con un golpe. Y me quedo con la mano levantada y el corazón inflamado de felicidad unos instantes, durante los cuales no distingo los gritos de José Luis que tira de mi brazo y grita "¡vamos de una vez, vamos Sarita!" Y corremos otra vez como si nunca nos hubiéramos detenido. Nos empujan los mismos motivos y tenemos la misma dirección, pero está claro que a José Luis la muerte le silva en la nuca y a mí, me silva la vida.

43.

Otra vez alambres separadores de algo con otra cosa. Y los pasamos porque Coto dijo vayan y no tenemos miedo ni prudencia. Levanto un hilo para que pase Sarita, "a desalambrar compañera", me sale decirle, "que la tierra es tuya, es mía, de aquel" me contesta sorprendiéndome; y parece sigue cantando entre dientes mientras pelea con una púa que le enganchó el pulóver.

Un sendero nos lleva hasta la puerta de una casa que parece vacía, pero sin muestras de abandono. Entramos por una ventana que no se resiste para nada y nos encontramos con una casa humilde, arreglada prolijamente. En la cocina nos sentamos y nos sentimos a gusto. Se respira que es un hogar de gente que valora tomarse unos mates en estas sillas de paja comentando amablemente la vida. Sarita encuentra fotos pegadas tras el vidrio del aparador y me trae una emocionada. En él se ve a Coto unos ¿diez?, ¿quince? años más joven junto a sus padres en la puerta de esta casa que seguro les pertenece. Por algún motivo ellos no se encuentran y probablemente tengamos unos días hasta ver cómo seguimos. Dentro del aparador, un pote de dulce leche Dulcinea cerrado. Me encuentro con mis hermanos anticipando si "liquidoso" o azucarado. Escucho nuestro debate ruidoso, goloso, mientras con la uña corto el papel que destraba la tapa del envase de cartón. Tardo tanto que parece mis hermanos me saltarán encima; pero de todos modos el pote lo encontré yo, así que... Termino el círculo, comienzo a girar la tapa y descubrimos que ¡zucaroso! Es decir, los tres ganamos, lo mismo que del modo contrario.

Las dos vaquitas del pote, frente a frente, sienten cómo les ordeñamos nuestro premio con mis hermanos y Sarita, que se divierte como loca viéndome feliz a cucharadas.

44.

Te tengo que decir algo importante.

Sí... te escucho.

Tenés que saber algunas cosas. Tenés derecho.

Ajá...

Pertenezco al ERP.

...

En la organización sabemos que este mundo puede ser mucho mejor del que vivimos, con oportunidades para todas las personas y sabemos que hay acciones para que esto pase, que no van a suceder por sí solas, ¿me entendés?

Claro.

Yo trabajo en las escuelas de reeducación ideológica, preparando a los compañeros para que puedan volver a pensar después de los años de adoctrinamiento de imperialismo yanqui. Lo tenemos muy metido en la carne y en la cabeza, al punto de que los atropellos sobre nuestro pueblo nos empiezan a parecer normales ¿me seguís?

Sí claro.

Cuando cayó un compañero de nuestra misma casa operativa en Dolores, dudamos en principio si estábamos detectados, porque algunos somos de la zona y tenemos blanqueada nuestra vida. Desde esta desaparición empezamos a ver filtros por todos lados. El dieciséis de julio a la madrugada, antes de salir para tu Conesa levantaron a Diana, mi compañera que hace poco había llegado de Tucumán. Allá nos estamos preparando.

Nos estamos preparando, ¿entendés?

Sí.

La lucha de clases está instalada en nuestro pensamiento como lucha de ideas, de aquí derivan las enfermedades del militante sobre las que soy responsable de hacer pensar a los compañeros de mi célula.

Claro.

Pero sabemos que la liberación nacional no se hace en el papel ni en los estrados. Se hace desde adentro de la tierra y desde abajo en las organizaciones... ¿Seguro qué entendés? ¿Vos te das cuenta con quién estás y el riesgo que estás corriendo?

Si José Luis, claramente.

Y no me llamo José Luis.

Ah, yo eso no lo comparto.

Me llamo Diego.

Ni lo sueñes.

45.

En casa prestada otra vez, Sarita sigue buscando rastros de los otros, los auténticos dueños de las pistas y señales secretas de esta casa. Se queda mirando ¿admirando?, una lata de yerba *Napoleón* con forma de tambor de varillas. La toma como a una delicada joya y le da vueltas por delante de sus ojos. La sacude con cuidado para obtener con el sonido, datos del misterio. "Papeles...", y lo deja en su sitio intentando reencontrar la posición exacta. A su lado encuentra un hueso de caracú pintado con témperas de colores sobre una maderita con leyenda "PARA LA MEJOR ABUELA"; también un posa pava hecho con broches habla del amor de un nieto escolarizado. En la pieza hay dos fotos ovaladas seguramente de los dueños de casa. Parecen personas más felices de vivir que de sacarse fotos. En todo caso las miradas hablan de ellos pese a la ropa que no y la seriedad que menos. Es de los tiempos en que fotografiarse no era algo de todos los días y aquí el encargado del retrato se nota que tenía por principal objetivo impactar más que la cámara. En el marco de la foto de los abuelos próceres, está enganchada otra de los abuelos, coloreada. Sarita la quita de su lugar y en el reverso lee, "Parque Independencia, Santa Fe" y una fecha, "29 de junio de 1969."

Detrás de la puerta unas tiras de tiento y herramientas de soguero. Una lezna y un cuchillo pequeño, metidos en un bolsillito de cuero. Sarita parece encontrar recuerdos en estos objetos. Encuentra a su abuelo trabajando los tientos con cigarro y con risa. Su abuelo, el que vino de Valdivia para traer noticias del río Calle y contarlas una vida.

Lo mira con temor de espantarlo, casi sintiendo el ruido de su vista, feliz.

Mira el piso de ladrillos panzeados, lo sigue por las juntas gruesas y antojadizas y aunque sabe que el abuelo se está poniendo de pie para alejarse, se queda aferrada a esas líneas como a un mapa, el del camino a casa.

46.

José Luis sueña con perros que le tiran odio y mordiscos. Perros electrizados con las bocas como pinzas de cargador de baterías, encendido, encendidas. Sólo las pinzas y por momentos con el resto de perro detrás. Son seis o siete y lo acusan y se miran entre ellos. Protegen un jardín con margaritas. Sale del jardín su dueño desentendido de toda circunstancia. Es un viejito con cara de siesta que sonríe como una maestra de primero y dice: "¿Qué precisaba joven?".

"Mis libros, se llevaron mis libros y no sé quién soy. No me acuerdo en qué página estaba y ahora no puedo ni cruzar la calle y encima perdí hasta los que no tuve nunca porque ahora la conocí a ella que tiene aliento a mandarinas cansadas y me atropella con su mano que sacude apenas para decirme chau, así que estoy jodido, muy jodido, y usted como si nada, margariteando, ¿dónde quedó la solidaridad? ¿no ve que tengo perros en el alma? Perros más malos que a propósito, que torean a inocentes y culpables. Perros cansados de salir segundo… ¿No ve que sé muy bien cuál es la bala, pero que dudo del dedo y el gatillo?"

Entonces el viejito se aleja dos pasos y se sube a un perro que sube, adonde él no llega.

47.

Nos despierta el ruido de la ventana cerrándose. En la sala una carta aparentemente de Coto nos dice que en tres horas estemos en el cruce, que un amigo suyo nos va a sacar hasta Ranchos. Tenemos dudas, tantas como de permanecer en esta casa que nos trata como a otros. Son las dos de la mañana. Guardamos algunas cosas que creemos nos pueden servir e intentamos dormir por turnos. A las cinco estamos caminando hacia el cruce bajo una noche fría pero piadosa. De lejos podemos observar un vehículo con las luces de posición encendidas. Más cerca distinguimos el *Peugeot 303* y en su interior un hombre fumando con atención. Parece alerta, pero en realidad ya estamos junto al auto y el tipo ni siquiera se ha movido. Nos acercamos más, y cuando le golpeamos el parabrisa recién pone atención en nuestra presencia. Baja el vidrio de donde sale olor a cigarrillos negros y llegan las palabras cálidas de un programa de radio y las suyas:

Soy Adriano, el amigo de Coto

Mucho gusto, me adelanto y le paso la mano

Suban, suban que hace frío.

El coche arranca y permanecemos en silencio. Parece que los tres tenemos la misma prudencia y andamos varios kilómetros de este modo. De golpe los tres juntos sentimos deseos de saber cómo viene la mano y tropiezan las preguntas de todos contra todos. Nos reímos, y Adriano arranca primero.

¿Hace mucho que lo conocen a Coto?

No se crea, dice Sarita ensayando una atemporal respuesta, ¿y usted?

De toda la vida. Él me enseña a mí y yo le enseño a él.

¿Y qué se enseñan?

Él de abejas, por supuesto, y lo mío son los bichos. Soy un especialista. Veo donde los demás no ven. Entiendo y dialogo con estos seres que algunos solamente creen que debemos exterminar.

A esos, en principio, les tengo una mala noticia, y es que cuando no quede un hombre sobre la tierra, los bichos van a estar como si nada. ¿Saben de qué hablo?

Poco.

Maravilloso poder de adaptación, trabajo en equipo, solidaridad. Esa es la vida de los bichos y no la nuestra. Si pudiésemos aprender un cachito... pero es difícil. Tenemos la cabeza muy cagada de soberbia.

El 303 va por la noche como una luciérnaga. Coto no nos falló. Los bichos son protagonistas de un viaje irreal como este Adriano, que no baja el tono ni el entusiasmo, aunque Sarita duerme en mi hombro y yo no distingo claramente si el hormigueo que me sube por la espalda es sueño, o son hormigas de este tipo que ya sigue con que...

... Por eso creo que debemos ponerle tanta atención, creo ni más ni menos que podemos cambiar la suerte de este país teniendo la mente amplia y humilde para recibir ideas. Tenemos con Coto esta pasión por mirar en lugares diferentes salidas a nuestros padecimientos habituales. Pero no somos boludos. Mientras tenemos estos estudios intraterrenos ni en pedo nunca dejamos de ser peronistas.

48.

A media mañana estamos en Ranchos. Es decir, otro cruce. Caminos.

Carteles con opciones. Opciones para seguir escapando o a la muerte. Eso está claro. Para mí. Sarita no parece estar muy al tanto, en todo caso no lo demuestra mucho.

Caminamos hasta una Y.P.F. Un perro está tirado junto a uno de los dos surtidores y otro cruza agachado como si todo el tiempo le estuviesen por sacudir un toscazo.

En la oficina nadie. Probamos al lado, un galponcito que hace de gomería. Golpeamos la puerta de la que cuelga un sacrificado cartel: "abierto las 24 horas". Detrás de una puerta de chapa llegan ruidos de cama de hierro y garganta calentando motores. Aparece un engrasado gomero con los pelos parados y gruesos como tallarines caseros.

¿Qué les pasa? ¿no ven que está cerrado?

Disculpe. Estamos buscando información para salir a la ruta 3.

Y a mí qué me importa, si se puede saber.

Es que un amigo nos estaba llevando y se tuvo que volver por problemas personales.

El hombre nos mira, sacude la cabeza dudando entre mandarnos al carajo o a la mierda. Habla entre dientes mientras se acerca a la pared, al centro de la pared donde se encuentra un poster de Huracán enmarcado en un gran rosario con pelotitas de plástico y madera. Por todo el resto de la pared se alternan las mujeres en tetas de los almanaques con fotos de Houseman, Brindisi, Larrosa.

Fanático el tipo, prueba Sarita

¿De las minas?

Y de Huracán. Este año sí que están bien.

Sí. Tengo mucha fe en Dios y en la Virgen Niña que salimos campeones. Y si no salimos me corto las bolas.

No será para tanto.

Usted porque será bostera.

Sí, soy bostera, pero de principios. Tengo muy claro y debería tenerlo usted, cómo atendimos a sus "primos" las últimas dos veces que nos encontramos. Favor difícil de devolver, pero necesario después de lo que vienen haciendo con el "primo" nuestro.

Ahí sí que me cagó. Y dirigiéndose a mí, che campeón, hacete unos mates hasta que llegue el "mudo". Ese les va a explicar.

A eso de las once por el medio del campo viene otro engrasado. Mameluco y sombrero. Caminando entre los cardos parece un mecánico de vacas. Recién noto el olor profundo que llega del campo, olor a tierra trabajando y no sé por qué me acuerdo de los bichos de Adriano.

49.

¡Buen día!

...

Disculpe, necesitamos saber cómo se hace para salir a la ruta 3.

El tipo no responde. Entra a su oficina deja el sombrero y se pone una gorrita que alguna vez fue blanca.

Pasa la mano a su vecino, saluda con un gesto cortés a Sarita, y recibe un mate.

Se acerca a la pared y habla a media lengua en un tono confesional con el "Loco" Houseman, que la tiene dominada en el área chica y le sonríe pícaro y paciente.

Está bien, resuelve, René dice que no hay problema.

¿René?

Sí. René Hou-se-man, dice quebrando la voz emocionado en cada sílaba.

Ah, claro. Nosotros queríamos preguntarle...

De acá tienen 33 hasta Belgrano, ahí podés hacer Newton, Rosas, Pancho Coraje, Las Flores. No pasa nadie, los caminos están como el orto con perdón de la dama, y si los busca la cana los encuentran seguro porque van a terminar caminando entre las vacas. Más largo, pero más anónimo, si de Belgrano desvían para Chas, Ibáñez, Real Audiencia, Casalins, Urdaquiola, Rincón de Arach, Langueyú, Curvas de Lobato, Solanet y Ayacucho. No es la 3, aclara el *mudo*, pero se pueden tirar a Tandil Y Juárez con bastante oportunidad. Aparte pasa el tren. Aparte los que escapan, siempre van por ahí.

¿Y por qué cree que estamos escapando de algo?

¿Y por qué creen que están en la estación de servicio YPF de Ranchos sin auto, hablando conmigo, un viernes al medio día? Eh ¿Y por qué mierdas creen que estamos con este otro aquí, en lugar de estar en cualquier otro de esos lugares del mundo? ¿Eh?

50.

Sarita... nunca hablamos de lo que te conté, de mi militancia. Para mí es importante saber qué pensás, saber si entendés lo que está puesto en juego.

El vagón de cola es el único sin baño y, aun así, junta el olor a meo de todos los demás. El guarda ya pasó y según José Luis, ya pasó lo peor. Por la ventana veo el cartel de Rincón de Arach y me jode darme cuenta todos los sitios con oportunidades que estamos salteando. No puedo dejar de pensar en tantas caras y de hacer memoria por encontrar los paisajes de cada uno. Toda esa gente con su hambre de llegar a alguna parte, con su tarea escondida en las manos que sabrán arreglar o fabricar durante un rato hasta que la hora los mande para casa. Volver a casa. Con las manos para uno. Prender la radio, regar las plantas, acariciar. Abrir la puerta y andar entre lo propio. Mate, aparador, heladera. El rosario en el dormitorio. Tener de una vez por todas, para poder dar.

Pero me toca saltar de este tren a otro cruce. El tac, de los rieles que se junta con la velocidad hasta hacerse un tácata, musical por la pampa de otros.

Siempre pensé que sería lindo viajar. Ahora me doy cuenta de que la única manera de andar es teniendo donde volver. Por eso voy a mi Junín, aunque sea por el camino largo "de los que escapan". Si no se va al lugar de uno, todo el planeta es el mismo sitio.

Sí José Luis, te entiendo. Pensaba en las hormigas y en las abejas. En lo que dijiste de las oportunidades y de la reeducación ideológica. Y lo de que la libertad sólo se alcanza con amor y justicia, ¿O ese fue Coto?

Y lo de ser humildes, trabajar en equipo y ser solidarios ¿O fue Adriano?

51.

Se llama Dorcasberro y va hasta Bahia Blanca. Al transporte propio por economía o humildad le puso "Dorcas" y se defiende, dice. Sabe cómo es este país en que vive, escucha más de lo que habla, ofrece mate y hasta pone a consideración los lugares de parada. Está cansado. Es un argentino que maneja y se maneja por un país que conoce y le duele. "Este país es rico muchachos", dice señalando la rica pampa húmeda, de alguien. Nos enteramos de que el camión lo está pagando, que está haciendo viajes de Buenos Aires al puerto de Ingeniero White. Que a veces lo tienen esperando dos o tres días hasta cargar los granos y que la competencia se vuelve tan grande para volver con carga, que prefiere largarse vacío. Y así duele hasta pagar el gasoil. "Si se para el Mercedes la pasamos mal" nos cuenta; y que tiene cinco hijos en Castelli a los que ve poco y les da de comer, o ve todos los días pasar hambre. "Es como una trampa" nos aclara como si hiciera falta. Lo preocupa la guerrilla y la triple A, no aclara en qué orden, y que no tiene miedo por él. Tiene miedo de no saber qué va a salir de todo esto, "que tiene que cambiar muchachos" y se toma el mate dulce como una plegaria, con la mirada en una ruta que de a ratos se viene despareja, pasando cambios preocupado de que todo siga igual. Manejando para allá pensando en otro lado. Su patria donde los pibes están haciendo los deberes, la mayor en la esquina con el vecino nuevo ya podría ir para adentro que hace frío, y la patrona junto a otro mate dulce, dando vueltas con los sábados circulares de Mancera.

Dorcasberro conduce su camión, pero no maneja su vida que queda en Castelli. Tercera, embraya, punto muerto, embraya cuarta, y acelera hacia donde no llega.

52.

¿Vos creés?

Sí, estoy segura, dice Sarita. Y se adelanta a conversar con dos mujeres que fuman en la puerta del cabaret de este Ingeniero White donde nos trajo Dorcasberro, sembrado de veredas que esperan.

Al rato me indica con señas que pasemos adentro. Una mujer me da un beso y la otra me pasa la mano.

¿Cómo está José Luis?

Les digo que bien. Hay una barra con dos mujeres más, un escenario, varias mesas vacías, hace un poco menos de frío que afuera. En un rincón un grupo de marineros asiáticos está borracho pidiendo licor a gritos y las últimas dos mujeres de la casa, que los acompañan, evalúan si los tipos tendrán la guita para pagar lo que consumieron. Ya no piden la copa para ellas que de todos modos el mozo hace dos vueltas no les sirve y están todos preocupados, en especial porque el más morrudo se está poniendo violento.

Nos traen café con ginebra que templa el cuerpo y el espíritu. La música de Charles Aznavour recorre las mesas y las muchachas se pasan la mano por la frente. Las dos de la entrada charlan con Sarita sin dramatismo, como amigas, como hermanas. Sarita cada rato cabecea y las tres me miran. Me evalúan y siento que no apruebo. Sarita me deja su mirada, la más dulce, la tan dulce que no he tenido la gratitud de reconocer y de golpe la veo fuerte y hermosa, las amigas me bajan el pulgar y no se animan a decírselo. Se nota que han pasado por esperanzas varias y que siempre se han quedado aquí con el boleto en la mano. Sarita me exhibe como su boleto. Soy el proyecto de esta mujer sola.

El morrudo intenta agarrar a una de las chicas y esta se corre, pero la mano se le queda en el hombro como una pinza sujetando un canasto con tres mil kilos de krill que se va en medio de la tormenta. Y no la suelta. La compañera grita y se dobla de rodillas, el brazo cuelga como un trapo, quebrado, cuando el morrudo con la mano libre y presa la cabeza, le da vuelta la cara de un palmazo que desparrama chorizos de sangre hasta la barra. Las mujeres gritan y miran al barman que mira el cajón donde está el arma delante de Sarita que me mira. Pidiéndome que yo sea ese José Luis que ella cree y haga algo, algo de lo que leí en el material de Camboya, Vietnam y China, y quiero pero me quedo dudando mientras el barman saca el arma y el morrudo se hace un escudo con la chica y Sarita se adelanta y segura como un condenado le parte una trompada en la nariz que no por fuerte y si por sorpresiva lo hace trastabillar, y todos amenazan a todos mientras los asiáticos salen gritando y los de adentro cierran puños y yo soy testigo.

Y soy testigo.

53.

Visitábamos unos vecinos en el Río Malleo, amigos del abuelo. En una pampita se hacía el asado y las bardas poco más allá, nos protegían de todo temor de la vida.

Nos ocupábamos de ser felices sin descanso, cada uno a su modo. Los chicos revoleando piedras al río, los grandes con el asador y el vino, el abuelo hablando y hablando como una cachaña.

El hijo del puestero me miraba de a ratos y miraba al abuelo. Era joven y por eso mismo andaba con señales en el gesto de tener que hacer algunas pruebas, hacerse.

El abuelo seguía capando a diente, jineteando de palabra, bajando su río Calle Calle nadando arriba del caballo "¡y ese sí que es un río, no este hilito de agua!", pescando salmones de diez kilos con ganchos y terribles, "¡No si en Chile, el río Calle Calle, nosi, nosi!"

Y a nosotros nos daba gusto escucharlo ser tan feliz.

Pero al muchacho probador un poco lo cansaba. Desapareció y volvió al rato subido a un potro con freno de tiento.

Tenía el bocado bañado en espuma que le nacía de la indignación de tener arriba a ese muchacho. Antes de llegar se tiró contra las piedras tratando de aplastar al jinete que saltó y debió correrse porque el potro ya venía a pisotearlo.

Lo sujetó como pudo todo el tiempo que duró la ira del intento. En dos patas el potro gritaba con el cuello arremangado y ofendido que ¡nadie, nadie, se le atreva!

Para usted abuelo, le dijo al abuelo mirándome a mí.

¿Por qué?, dijo el abuelo mirándome a mí y al caballo.

Porque usted sabe

Pero estoy un poco viejo,

Sin embargo, habla bastante y jinetea de palabra, así que en esto tiene que estar ejercitado.

Anoche José Luis me recordó al abuelo. Me necesita.

Es difícil aguantarse sólo ser un hombre de palabras.

54.

La mesa es amplia porque sí, y no por el tamaño. Las mujeres de "El Tragabar" hablan del país que tienen pegoteado en cada poro del cuerpo.

Comen y después fuman y tienen esperanza y se arreglan y fuman de nuevo. Son las tres de la tarde y el puerto trabaja para que después trabajen ellas. Esperanza agarrada, ante todo, a la vuelta del peronismo.

¿Vos no serás de esos maricones radicales?

No cargués rubia.

Están felices porque "vuelve la alegría". Saben de los presos en Trelew, se acuerdan bien de Tosco y de Ongaro y a los otros los conocen, pero no los reconocen como parte de nada que tenga que ver con ellas.

Las chicas de la casa se arreglan porque son las seis y la noche tiene más apuro en esta época del año. Van y vienen por delante mío como si no existiera, algunas están listas y toman mate o ginebra.

Hace rato que no agarraba un diario y realmente estoy sorprendido por todo lo que está pasando, pero no puedo sacar un oído de esas mujeres que sin nombrarlos me hablan de Coto y Adriano, de Néstor, de los que escapan despachando nafta en Ranchos, de Dorcasberro.

Pienso en Sarita.

Pienso que he estado explicando cómo hacer un país distinto, sin conocerlo.

Pienso a dónde van todos esos que van a alguna parte.

Pienso si no estaré quebrado.

Pienso si alguna vez estuve entero.

Pienso en el comandante preso en el desierto de Trelew.

En los bichos y las abejas.

En el Ingeniero.

En Rosita.

En Diana.

En mi familia.

En la Renga Yori que no conocí y en el perro Fidel que sí.

Pienso e Junín.

Pienso en Sarita y en Sarita.

Son las siete y las chicas están listas.

Ella también.

Se arregló el pelo y le prestaron ropa bonita.

Tiene el bolso en la mano con el rosario asomando en una esquina, y me dice que vamos.

Fin

BIO BBLIO

Rafael Urretabizkaya nació. Eso pasó en Dolores y justo el día de su cumpleaños, un 8 de octubre de 1.963. Llegó a San Martín de los Andes, Provincia de Neuquén en 1.983. Trabajó durante 17 años en diferentes comunidades rurales del sur neuquino llevado por sus dos oficios de maestro y escritor. Ahí aprendió a andar a caballo en pelo y a hipnotizar gallinas, ahí también olvidó varias cosas pera ya no recuerda cuales eran.

Libros publicados:

Te agarro a la salida, beca de Fundación Antorchas (Corregidor 1997).

Aimé, en coautoría con W. Arrúe, (Ed. Mingaco 2000 y cinco reediciones).

Tita y Toto (Nuevo siglo 1997).

Carlito el carnicero (De La Grieta 2004 reeditado en 2013).

Tierras de aventuras, libro de cuentos compartido con Emilio Urruty y Silvia Iparraguirre, (Editorial Desde La Gente, 2004), Teresa (Sea Neuquén y el Plan Nacional de Lectura, 2007).

Informe sobre aves y otras cosas que vuelan (De La Grieta, 2011, reeditado 2014).

La ruina, (Educo, 2013).

Olvido la marcha que tiene música, cuatro poetas de los Andes, junto a María Cristina Venturini, Ailén Saavedra y Marcelo Gobbo (De La Grieta 2014).

Rafael cree como Rodolfo Walsh, que *"escribir es escuchar"*.

Escribe para Títeres. Se destacan en este espacio una adaptación del Quijote de la Mancha llevada de larga gira americana por la compañía "La pelela", y una versión de "Vairoleto" para la misma compañía de inminente estreno. Participa en antologías regionales y nacionales a ambos lados de la cordillera. Dirigió la colección "Para leerte mejor" destinada a escritores noveles de la región (De la Grieta 2.011/2.013), y así etcéteramente alguna otra cosa.